남친맘 사로잡기

남친 맘 사로잡기

이가출판사

사랑은 지극히 이기적이라   당신이 계획한 작전에 그는 반드시 말려
들 것입니다. 이런 생각으로 마지막 책장을 덮는 순간 당신은 이 땅의 가장
섹시하고 영리하고 아름다운 사람이 되어 원하는 남자의 마음을   확 사
로잡을 것입니다.

기꺼이 질러라! 사랑의 지름신이 그대를 위해 재림하였다!

남친 사로잡고 싶은 女들을 위한 서문

누군가의 앞에서 내숭떨듯 고개 숙이고, 목젖이 보이도록 크게 웃고, 앙칼지게 신경질을 부리고, 때로는 수다스럽게 떠들고 바보스럽게 우는 푼수 같은 모습 모두가 사랑일 때만이 아름답게 보인답니다.

유치함을 눈부심으로 변화시키는 사랑, 부족함을 만족으로 채워가는 사랑, 세상을 다 가진 듯 뿌듯하게 해주는 사랑, 당신도 얼마든지 할 수 있고 누릴 수 있습니다. 당신이 미인이 아니라서 혹은 소심한 성격이라 나설 수 없다고 한다면 스스로를 감옥에 가두는 일입니다. 사랑은 자유로울 때 이루어지는 환희이며 경품이 쏟아지는 삶의 이벤트랍니다.

힘껏 던져도 다시 돌아오는 남자, 싫다고 매몰차게 뿌리쳐도 또 당신이 좋다고 돌아오는 부메랑 같은 남자. 피곤하고 때론 만만해서 화날 것 같지만 이런 나만의 남자를 한번쯤 만들어 보세요.

남자를 사로잡는 법을 먼저 아는 것이 순서입니다. 당신이 가진 모든 무기를 활용하세요. 귀여움, 청순함, 정숙함, 현명함, 섹시함, 도도함 등 당신만의 튀는 모습으로 어필하세요.

가진 것이 감성뿐이라도 문제없답니다. 남자는 이성을 모두 동원해도 여자의 감성 하나에 와르르 무너지는 동물이니까요. 행여 외모 때문에 망설인다면, 사랑이 담긴 마음은 당신의 외모를 최고로 아름답게 하는 힘이라는 말을 믿으세요.

사랑은 지극히 이기적이라 당신이 계획한 작전에 그는 반드시 말려들 것입니다. 이런 생각으로 마지막 책장을 덮는 순간 당신은 이 땅의 가장 섹시하고 영리하고 아름다운 사람이 되어 원하는 남자의 마음을 확 사로잡을 것입니다.

사랑은 애원도 요구도 해서는 안 되는 거랍니다. 사랑은 이끌리는 게 아니라 이끄는 것이니까요.

일회용 푼수가 되기를 주저하지 말라

하늘을 봐야 별을 따는 법. 일단 그의 관심을 끄는 것이 중요하다. 이 때는 내숭보다는 푼수가 되어야 확실하게 잡을 수 있다. 아무리 썰렁한 얘기라도 그의 눈에 귀엽게 보이도록 노력해야 한다. 혹 내 맘이 통할지 알아?

개구리와 내가 튀는 방향은 아무도 몰라

남들과 같이? 천만에! 전혀 엉뚱하게 행동하는 것도 나쁘지는 않다. '어랍쇼? 요것 봐라.' 하는 생각이 들도록 말이다. 새로운 면을 확실하게 보여주고 새롭게 보이는 것이다. 설령 먹히지 않을지라도 손해는 아니니까.

감기와 사랑은 알려야 고칠 수 있다

그의 이마에 침을 발라 두든지 어떤 방법으로라도 그는 내 것임을 알린다. 너무 노골적이라도 상관없다. 때로는 동조자나 조력자도 필요하다. 그래야만 라이벌도 막을 수 있고 상황에 따라서는 언제나 내편에서 도움을 줄 수 있으니까 말이다.

밀고 당기는 때가 중요하다

어느 정도 호감 있는 행동에 그가 불쾌하게 생각하지 않는다면 이제는 기다릴 줄 아는 지혜가 필요하다. 연락도 당분간 끊고 조용히 그의 소식을 기다릴 것(혹시 무소식이라면 질질 짜면서 헤어지는 것보다 낫다고 스스로에게 위안할 것. 그는 그 정도밖에 안되는 놈이다 라고…)

고기가 미끼를 물었다고 확 잡아당기면 놓친다

이제부터 시작이다. 보통의 사람들은 그가 나를 좋아한다는 걸 알고부터 긴장이 풀리고 좋아한다는 느낌이 식어가기 시작한다. 그렇게 되면 다 잡은 고기를 놓치는 바보가 되고 만다. 사랑은 정성이 필요하다.

Love할 때와
Like할 때

사랑하는 사람 앞에서는 가슴이 두근거리고
좋아하는 사람 앞에서는 즐거워진답니다.

사랑하는 사람 앞에서는 할 말 다 할 수 없지만
좋아하는 사람 앞에서는 할 말 다할 수 있답니다.

사랑하는 사람은 매일매일 기억나지만
좋아하는 사람은 가끔 기억납니다.

사랑하는 사람이 딴 사람에게 잘해주면 샘이 나지만
좋아하는 사람은 딴 사람에게 잘해줘도 괜찮아요.

사랑하는 사람의 눈빛은 빤히 볼 수 없지만
좋아하는 사람은 언제나 쳐다볼 수 있어요.

사랑하는 사람이 울고 있으면 같이 울게 되지만
좋아하는 사람이 울고 있으면 위로하게 되지요.

사랑하는 사람 앞에서는 멋을 내게 되지만
좋아하는 사람 앞에서는 그대로의 모습을 보일 수 있답니다.

사랑하는 사람은 슬플 때 생각나지만
좋아하는 사람은 즐거울 때 생각납니다.

사랑하는 사람과의 시간은 길어도 짧게 느껴지지만
좋아하는 사람과의 시간은 길면 넉넉합니다.

사랑하는 마음의 시작은 눈에서부터 시작되고
좋아하는 마음의 시작은 귀에서부터 시작됩니다.

그래서 사랑하는 사람을 잃으면
눈을 감아도 이슬같은 눈물이 맺히는 거랍니다.

친구와 愛人 사이(?)

보고 싶은 영화가 있으면 너랑 같이 보고 싶고
좋은 음악 있으면 너랑 같이 듣고 싶고
향기 좋은 커피도 너랑 같이 마시고 싶어.

기쁜 일이 있으면 젤 먼저 너한테 전화하고 싶고
힘들 땐 너한테 위로 받고 싶어.

가슴 설레게 보고 싶은 건 아니지만
눈이 내리거나 비가 내리거나 날씨가 넘 좋거나
그럴 땐 니가 보고 싶어.

내 가장 친한 친구에게 널 소개해 주고 싶어
하지만 나보다 내 친구를 더 많이 생각하면 안돼.

내가 사준 옷 입고 소개팅 성공하길 바라지만
내가 시간 있을 땐 소개팅이 있어도 펑크 내야 돼
가장 중요한 시간엔 나랑 있어야 돼.

내가 약속시간에 나가면 넌 언제나 늦게 나타나
늘 나 열 받게 하지만
그렇지만 넌 늘 바보같이 웃어버리고 말지.

만나는 장소도 시간도 언제나 내 맘대로 지만
난 내 시간을 최대한 너한테 투자하는 건데
니가 어떤 여자애를 만나는지
난 항상 궁금하고 그래.

그러니까 너한테 애인 생기면
젤 먼저 나한테 소개시켜 줘야 해.
그렇지만 늘 니가 즐겁게 살기를 바래.
애인 생겼다고 나 구박하면 용서 안 해. 알쥐?

사랑(느낌)

성격이 좀 모난들 어떠리

♥→ 내가 좋은데….

얼굴이 좀 떨어진들 뭐가 어떠리

♥→ 내가 좋은데….

돈 좀 없으면 어떠리

♥→ 둘이 오순도순 잘 살면 그만이지.

가정환경이 좀 나쁘면 어떠리

♥→ 우리가 좋은 가정 만들면 그만이지.

내 여자의
조건

첫 처음 마음 (성격)

누구나 내 여자의 조건으로 제일 먼저 성격을 꼽는다. 그렇지만 실제로 누군가를 처음 만났을 때는 외모가 먼저 보이는 것이 사실이다. 마음, 그건 한 두 번 본다고 눈에 확 띄는 게 아니고 만나다 보면 점점 은은히 풍기는 거다.

남자들은 여자들을 바라볼 때 겉으로 보이는 것과 속마음이 다를 수 있다고 생각한다. 넘 얌전하고 착해만 보이는 여자가 알고 보면 굉장히 이기적이고 뒤에서 호박씨 까는 내숭쟁이인 경우가 있는 것처럼.

두 번째 외모

남자는 여자의 능력보다 외모를 따진다. 과거는 용서해도 못생긴 건 용서 못한다는 남자가 있다고 하지 않은가(물론 일부이겠지만).

세 번째 능력(머니)

요즘은 남자들도 돈 잘 버는 여자를 좋아한다. 어느 정도 안
정적인 직업을 가진 여자가 신부감으로 좋다고 통계에도 나
온다. 남자 혼자 버느라고 허리가 휘는 건 싫다는 말이겠지.
그렇지만 자기보다 뛰어난 머리를 가진 여자보다는 약간

SHE IS TALLER THAN I.

떨어지는 여자를 원한다나?(나보다 뛰어나면 존심이 상하니까)

네 번째 집안

남자들은 장모될 사람을 눈여겨본다. 학생 때 아무리 게으르고 자기 할 일 안하는 여자도 시집가서 잘하는 경우가 있는데 그건 그 여자의 엄마가 부지런하기 때문이란다. 시집 살던 경험이 없는 여자들이 본을 보는 것은 시집오기 전 엄마가 해오던 살림살이라는 간접경험뿐이기 때문에 그것을 본능적으로 따른다고 해서 그렇다나?

그렇지만 위의 네 가지 조건들을 모두 무용지물로 만들 만한 것이 딱 하나 있기는 하다. 그건 바로 사랑, 그러니까 느낌(feel)이란다.

남자의 모든 것(진짜?)

♂는 여자에 대한 환상을 가지고 있다.
(남자는 '여자들은 정말 알 수 없는 존재야!!!' 라고 생각한다)

♂는 마음에 드는 여자가 나타나면 먼저 사귈 생각부터 한다.

♂는 여자를 사귀고 나면 '언제부터 진도를 나갈까' 하는 생각을 한다.

♂는 여자가 다른 남자와 있는 걸 보면 질투가 아닌 분노를 한다.

♂는 지금 사귀는 여자가 있어도 첫사랑은 죽을 때까지 못 잊는다.

♂는 여자에게 멋있게 보이기 위해서라면 어떤 짓이라도 한다.

♂는 여자가 생기면 술을 먹여보고 싶어 한다. 왜냐하면 그녀의 속마음을 들여다보고 싶어 하기 때문이다.

♂는 자기에게 잘 웃는 여자를 보면 혹시 자기를 좋아하는 게 아닐까 하는 착각을 한다.

♂는 여자를 사귀면 경제적으로 부담스러워하지만 절대 내색하지 않는다.

♂는 여자에게 자신은 대단하며 다른 남자들과는 틀리다는 걸 보여주고 싶어 한다.

♂는 사랑하는 여자가 생기면 좋은 곳에 함께 가고 싶어 한다.

♂는 여자가 친구로 지내자는 말을 제일 싫어 한다.

♂는 아무리 사랑하는 여자가 있어도 의리를 먼저 지킨다.

♂가 이쁜 여자를 쳐다보는 건 어쩔 수 없는 본능이다.

♂는 여자를 볼 때 얼굴과 몸매를 먼저보고 나중에 성격을 본다.

술을 잘하는 ♂들 중에는 마음이 넉넉하고 성실한 사람이 많다. 그러나 술이 너무 과한 남자는 대부분 여자에게 폭력적이며 이기주의자다.

♂는 여자에게 가끔 약한 모습을 보여주고 싶어 한다. 이것은 여자가 자신을 위로해주기 바라기 때문이다.

대부분의 ♂들은 연상의 여자를 좋아한다.
(대부분의 남자들은 여자를 리드해야 한다는 부담감을 가지고 있다. 그래서 그런 부담이 없는 연상의 여인을 좋아한다. 일단은 심리적으로 편하기 때문)

♂는 다정한 여자, 적극적인 여자, 착하고 순진한 여자와 오래 만나면 질린다. 가끔은 튕기고 화도내고 투정도 잘 부리는 여자에게 오히려 더 오래오래 사랑을 주고 싶어 한다.

♂는 여자가 먼저 '사랑해'라고 말해 주길 바란다.

♂는 가끔은 여자가 먼저 자신을 기다리고 있어주기를 바란다.

♂는 여자의 눈물에 약하다? 천만에 말씀이다. 남자는 여자의 눈물에 약한 게 아니라 여자의 눈물이 귀찮을 뿐이고 빨리 이 상황에서 벗어나고 싶어 할 뿐이다. 여자가 잘못 해석하고 있는 것이다.

♂는 여자와 키스나 스킨십을 할 때 여자들이 자신의 키스나 스킨십에 만족하는지 알고 싶어 한다.
(그래서 대부분 남자는 키스할 때 눈을 뜨고 하나?)

♂는 여자의 섹스심리를 알지 못한다.
(남자는 여자의 섹스심리가 정신적 욕구와 육체적 욕구가 아주 복잡 미묘하게 얽혀 있는 걸 절대로 이해하지 못한다. 그래서…)

☿는 자기를 좋아해주는 여자를 마다 못한다.

☿는 연애와 결혼은 별개라고 생각한다(대다수의 남자들이 그렇게 생각한다. 굉장히 현실적이다).

☿는 쉽게 사랑에 빠지지 않는다. 그렇지만 한 번 사랑에 빠지면 그 사랑은 영원하다.

이런 남자는
이렇게
공략하라

바람둥이형

그의 바람기에 어느 정도 여유를 보여주면서 은근히 그를 묶어두는 작전을 쓴다. 당신만이 진짜 연인이라는 믿음을 주어야 한다. 자신이 쉴 곳이 없다고 생각하는 그를 위해 마음의 안식처가 되어 주면 더욱 좋다. 데이트 장소를 선택할 때도 그에게 모든 것을 맡기지 말고 리드해 보는 것도 좋다. 단 가끔 그에게 모든 것을 일임하는 것도 잊지 마셈.

연예인형

그가 연예인 기질을 뽐낼 수 있는 장소에서 만남을 갖는다면 좋겠지요? 물론 그의 주변에 여자들이 들끓는다면 질투성 발언을 한 번씩 해주는 것도 요령이다. "어머. 자기 넘 멋져"라든가…. "자기가 너무 멋있어서 속상해." 한다면 그는 이미 당신의 포로가 된 눈빛으로 바라볼 것이다.

선비형

그를 너무 지나치게 이리저리 끌고 다닌다거나 너무 잘 노는 모습을 보여 준다면 오히려 당신의 과거를 의심할지도 모릅니다. "10시까지는 집에 꼭 데려다 줘야 해요."라며 가정교육 잘 받은 티를 내야 한다.

학구파형

박물관이나 전시회를 간다든지 해서 그를 위한 배려가 엿보이는 데이트를 한다면 그는 뛸 듯이 기뻐할 것이다. 자신의 전문 분야에 흥미 없어 할 거라고 생각하고 있다가 뜻밖에도 당신의 센스를 느낀다면 감격하고도 남을 것이다.

남친한테 적극적으로 사랑 전하기

★ "나 감독님 진짜 좋아해요.

   나 감독님이 화낼 때도 진짜 좋아하구요

   '야, 임마! 너 죽을래?' 하구 소리칠 때도 진짜 좋아해요.

   '복실아~' 하구 이름 불러줄 땐 정말 미칠 것 같아요."

언젠가 TV에서 방영된 드라마의 한 장면이에요.

아마 감격 먹은 여친분들 굉장히 많을 거예요.

★ 사랑도 연애도 용기랍니다.

   "여자는 먼저 다가가면 안돼" 이런 생각은 옛날이야기입니다. 맘에 드는 남자분 있으면 적극적으로 표현하세요. 자신감이 중요합니다.

여자가 남자에게 내숭떠는 법

여자들만 보세요

♥ 주머니가 없는 옷을 입고 그를 만나러 나간다. 괜히 추운척한다. 그리고 그의 주머니를 빌린다. 그리고 감동이 섞인 한마디를 한다. "우와 정말 따뜻하다."

♥ 되도록이면 굽이 없는 신을 신도록 한다. 남자를 내려다보는 것보다는 우러러본다는 느낌을 주도록 한다.

♥ 남자들은 뻥이 심하다. 그래도 절대로 내색을 하면 안된다. 자랑을 하면 아주 존경스럽다는 듯이 해맑은 눈빛을 반짝이도록 노력한다.

♥ 머리를 감는다. 향기가 아주 오래 남는 그런 샴푸를 사용한다. 그리고 은근히 그의 코끝을 스쳐지나가도록 머리카락을 흔든다. 향기나는 여자는 아름답다.

♥ 극장 안에서 남자가 약간의 바디터치를 해도 가만히 있도록 한다. 그냥 모르는 척하고 있는다. 슬픈 영화를 볼 때는 눈물이 나오도록 유도한다. 남자는 그래도 우는 여자를 아름답게 생각한다.

자! 여친분들 한 번 시도해 보세요.

남자가 여자를 사랑할 때

괴테에게 사랑하는 여자가 있었습니다.

그 여자도 괴테를 사랑했지만

여자 부모는 절대로 괴테를 만나지 못하게 했습니다.

어느 날,

여자가 너무도 보고 싶은 괴테는

여자의 집으로 찾아갔습니다.

여자의 부모가 현관 앞을 막으며 못 들어가게 하자

괴테는 가지고 간 성냥을 켰습니다.

그리곤 이렇게 말했습니다.

"제발, 이 성냥개비가 타는 동안만이라도 그녀를 볼 수 있게 해주십시오."

남자가 여자를 사랑할 때는 그 짧은 순간이라도 보고 싶어 합니다.

입맞춤

★ 이마에 하는 입맞춤은

　　　　우정을 의미하고

★ 감은 눈 위에 하는 입맞춤은

　　　　감사의 의미

★ 코끝에 하는 입맞춤은

　　　　행운이 함께하길 빈다는 뜻

★ 볼에 하는 입맞춤은

　　　　반가움을 뜻하고

★ 입술에 하는 입맞춤은

　　　　사랑의 의미이고

★ 귀밑 볼에 하는 입맞춤은

　　　　당신을 그리워했다는 의미이고

★ 목에 하는 입맞춤은

　　　　당신을 원하고 있다는 욕망의 의미이고

★ 손등에 하는 입맞춤은

　　　　존경을 의미합니다.

★ 그리고 그 외에 하는 입맞춤은

　　　　여러분 상상에 맡깁니다.

사랑 만들어 가기

♡ 서로의 거리를 가깝게 유지하기

♡ "좋아해" 라고 자주 말해 주기

♡ 밤하늘을 바라보며 서로의 별자리를 찾아보기

♡ 손을 꼭!!! 잡고 다니기

♡ 놀이공원 놀러가서 솜사탕 먹기

♡ 교환일기 쓰기

♡ 밤새도록 전화하기

♡ 버스 맨 뒷자리에 앉아서 종점까지 왔다갔다 하기

♡ 품에 안겨 실컷 울어보기

♡ 서로 기억에 남는 선물 사주기

♡ 말 못하는 서로의 비밀 만들어 지켜주기

♡ 마음이 허전해 할 때 꼭!!! 같이 있어주기

♡ 가만히 아무 말 없이 서로 안고 있기

♡ 커플 시계, 커플 반지, 커플 티 하기

♡ 폰줄 똑같은 거 달고 다니기

♡ 함께 밥 먹으며 얘기 나누기

♡ 같이 술 마셔보기

♡ 서로 무릎 베고 자보기

♡ 같이 계획 짜고 여행 다니기

♡ 속상한 일 있을 때 그 얘기 들어주기

♡ 사랑한다는 문자 자주 보내기

♡ 주스 잔에 빨대 두 개 꽂고 마시기

♡ 좋아하는 책 한 구절 읽어주기

♡ 가게 진열장 한참동안 바라보기

♡ 기차타고 여행가기

♡ 같이 동시에 양치질하기

♡ 손톱 깎아 주기

♡ 귀 후벼 주기

♡ 몇 시간동안 차 마시고 얘기하기

♡ 비 맞으며 뛰어다니기

♡ 먼저 일어나는 사람이 모닝콜 해주기

♡ 친구 앞에 두고 닭살 떨어보기

♡ 둘만의 작은 언약식 하기

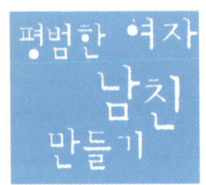

1. 당신은 무척 평범한 여자. 남자는 무척 평범하지 않은 남자. 당신은 그를 어떻게 꼬시겠습니까? ♥→ 그래도 남자는 평범한 여자를 좋아할 것 같은데… 관심 없는 척하며 그에게 살짝살짝 다가가는 센스를 보인다. ♥→ 하지만 한편으론 도도하게 관심 없는 척 하면서 다가간다(무관심을 가장한 관심). ♥→ 그리고 성격 좋은 티를 은근히 낸다. ♥→ 평범한 여자가 도도하며 성격이 좋다면 그는 나에게 살짝 끌릴 수도 있다. ♥→ 평범한 여자여, 파이팅!!!!!♥

2. 친구를 이용하라! ♥→ 주위에 엄청 성격 안 좋고 되도록 당신과 비교되는 그런 친구를(내 남자를 위해 때론 악녀가 되는 길도…ㅋㅋ) ♥→ 하지만 그는 뽀대나는 나보다 내 친구를 더 좋아할 수도 있다. ♥→ 남자는 정말로 얼굴 본다, 물론 몸매도 본다. ♥→ 그런데 얼굴 살짝 못생겨도 몸매

좋으면 장땡이란다. ♥→ 어쨌든 외모는 중요하다. 안 되면 칼을 들이대 보는 것도 나쁘지 않겠지. ㅎㅎ♥

3. 남자는 능력, 여자는 외모! ♥→ 여자는 외모 가꾸기에 주력해야 남자 친구 얻을 수 있다고 하지만 이런 거 말고도 마음으로 다가가는 것도 괜찮겠죠? 무조건 자기를 위한다는 생각이 들게끔. ♥→ 나 당신 관심 있다고 대놓고 고백하지 말고 넌지시 정보를 흘려보세요. ♥→아마도 그도 당신에게 관심을 보일 겁니다. ♥→ 그렇지 않으면!!!! ♥→ 음! 얼굴!!! 물론 중요하죠. 그러니까 외모, 외모 하는 거 아니겠어요? ♥→ 남자는 여자가 예쁘면 만사 OK라는 말도 있지만(물론 다 그렇다는 말은 아니니까 흥분하지 마시구요) ♥

사랑을 시작하는 법

♥♡ 사랑 전하기 ♥♡

당신의 사랑이 그에게 느껴질 수 있도록 해야 합니다.
느낌 전달은 눈빛(?) 말(?) 물건(?)을 통해서라도 반드시 이
루어져야 합니다. 사랑의 시작은 사랑하는 사람의 인식으
로부터 시작되니까요.

♥♡ 관심 끌기 ♥♡

세상에서 젤 무서운 게 미움보다 무관심이고, 젤 비참한 게
버림받은 사람이 아니라 잊혀진 사람이라는 말도 있습니다.
그를 사랑한다면 보다 센스 있는 관심을 보이는 게 중요합
니다. 불쾌감을 주지 않는 범위 내에서 그가 필요해 하는
걸 그때그때 해결해 준다든지, 아님 상냥하게 그의 이름을
가끔 불러본다든지 해서 그의 관심을 끌어보세요.

♥♡ 산소 같은 여인이 된다 ♥♡

사랑이 시작되면 짜증을 내면 안 됩니다. 여러 사람과 함께 있는 자리에서 불쾌한 표정을 짓고 자꾸 짜증을 낸다면 그에게 호감을 얻기 어렵습니다(물론 언제나 웃으라는 얘기는 아니지만).

만약 다른 사람들이 그에게 내가 이렇다는 둥 저렇다는 둥 좋지 않은 얘기를 한다면 그는 내게 좋은 감정을 가질 수 없습니다(물론 위선을 떨라는 얘기는 아닙니다).

기왕이면 다홍치마랬다고 늘 바라봐서 기분 좋은 그래서 또 보고나면 내 기분까지도 왠지 좋아지는 것 같은 그런 상큼한 산소 같은 여자라면 사랑을 얻어내기란 식은 죽 먹기 아니겠어요?

♥♡ 사랑은 스킨십 ♥♡

위의 세 단계를 무난히 넘겼다면 이제 그는 반쯤 내게 와 있겠지요? 산소 같은 여자 싫어할 남자는 없습니다.

이제는 자연스럽게 스킨십이 이루어집니다. 물론 남자가 먼저 손을 잡아오지 않으면 '저 남자 내가 싫은 거 아냐?' 라고 생각할 수도 있고, 남자가 덥석 손을 잡아오면 '어머,

저 남자 변태 아냐?' 이럴 수도 있습니다. 그러니까 상당히 어려운 문제라고 할 수 있지요. 그래서 자연스러운 게 좋은 거랍니다. 분위기에 맞게 적절한 때에 적절한 방법으로…. 이쯤 되면 더 이상 말하지 않아도 아시죠???

♥♡ 사랑은 용기 ♥♡

모든 게 다 되었다고 해서 사랑하는 사람 앞에서 머뭇거리는 모습을 보이게 된다면 사랑은 이뤄지기 어렵답니다. 사랑은 용기!!!

사랑에는 에로스적 사랑을 원하는 사람도 있고 플라토닉한 사랑을 원하는 사람도 있습니다. 그 어떤 사랑이 되었건 사랑하는 사람이 원한다면 그리고 당신이 원한다면 어떤 사랑이 되었건 용기가 필수조건이랍니다. 용기 있는 자만이 사랑을 쟁취할 수 있습니다.

아시죠? 사랑에는 용기가 필요합니다.

★ 아이스크림 같은 키스

소프트 아이스크림 먹어본 적 있나요?
줄줄 흘러내리는 아이스크림은 그냥 빨아먹을
수밖에 없지요.
혀 속에서 녹아버리는 아이스크림의 달콤함
아이스크림처럼 얼얼하면서도 달콤한 느낌
이런 키스 알아요?

★ 솜사탕 같은 키스

부드럽고 붉게 물든 뺨
금방이라도 까르르 웃을 듯한 입술
눈을 감고 조금씩 아껴서 다가가면
가슴은 두근두근 거리고….
확 다가간 듯한데
뭔가 부드러운 느낌만 스쳐 지나가는
솜사탕처럼 먹으면서도 허전한,
그러나 달콤한.
이런 키스 알아요?

★ 박하사탕 같은 키스

금방 양치하고 세수한 듯 말간 얼굴
아직도 남아있는 비누냄새
아직도 주위는 환하고 사람들도 있지만
그냥 보고만 있기에는 뭔가 허전한….
이럴 때는 옷에 묻은 머리카락이라도
떼어 주는 척하며 다가가서는 그냥 해버리는 거죠.
상대는 아직 놀라지도 못하고 있겠지요.
왠지 박하사탕이라도 물은 듯한 것처럼
싸아한 기분이 퍼지는 건 왜일까요?
이런 키스 알아요?

★ 콜라 같은 키스

사랑하는 그가 화가 났어요.
아무리 달래도 소용이 없네요.
좋아! 나라고 자존심도 없나?
그냥 돌아서 버리고 싶지요.
그래도 아직 미련이 남았다면 몰래 살금살금 다가가
뺨에다가 기습적으로 '쪼옥' 해버리는 거죠.

톡 쏘는 이 맛!
이런 키스 알아요?

★ 봄비 같은 키스
봄비가 오는 날
아니, 꼭 봄이 아니더라도 촉촉하게 비가 오는 날
하늘을 향해 고개를 들고 있어본 적이 있나요?
얼굴에 내리는 비는
참 간지러우면서도 묘한 느낌이거든요.
누군가가 내 얼굴을 어루만져 주는 것도 같고….
상대의 얼굴에 가볍게
다섯 번 정도 키스해 보세요.
참 이것도 스무 살 이상만 가능합니다.
내가 하늘이고 그가 대지인 것처럼요.
단, 소나기나 장대비 내릴 때는 하지 마세요.

★ 클리오 섹시샤인 립스를 바르고 그를 만난다.
정말 섹시한지 궁금하잖아요.
그의 입술에 키스 마크를 찍어보는 거예요.

★ 랑콤 쥬시 립클로즈를 그에게 사달라고 조른다.
꼬옥 그걸루요!!!
왜냐고 그가 물으면 그럼 이렇게 대답하세요.
"정말 키스를 부르는 립클로즈인지 기다려 보려구."

★ 그와 만날 약속을 해 놓구
약속 시간보다 훠얼씬 늦게 나간다.
괜히 미안한 척, 또 심각한 척 한다.

무슨 일 있느냐는 그의 물음에
"너하구 같이 있는데 왜 이렇게 니가 그리운 걸까?"
그렁그렁한 눈빛
투명한 물빛을 만들어 올려다보세요.
정말 사랑스럽겠지요?

★ 깜깜한 밤이에요.
사람들이 별루 다니지 않는 곳으로
그의 팔을 잡고 무작정 걷는다.
벽이 보이거든 그를 벽에 밀어붙인다.
그리곤 한참 동안 까치발을 들고
동그랗게 커진 그의 눈을 바라본다.
놀랬지???

★ "맘속에 보이지 않는 상처가 있어.
'호오' 하고 불어주면 나을 것 같아."
그런데 갑자기 아프지도 않은 입술이
아파지는 느낌이 들거든 그에게 이렇게 말하세요.
"나! 요기도 아프거든?"

첫 키스

★ 밤에 첫 키스를 해올 때

밤에는 우선 서로의 표정을 제대로 볼 수 없는 대신 촉각이
나 청각이 더 예민해진다.

키스는 촉감으로 느끼는 접촉이기 때문에 밤에 하는 키스
가 더욱 낭만적이다.

하지만 밤이라는 특성 때문에 오버(?)할 수 있다는 점에 주
의해야 한다.

★ 갑작스런 첫 키스

첫 키스를 언제쯤 하겠다고 예고하고 하는 남자는 없다. 동
의는 구할 수 있겠지만.

하지만 상대의 눈빛이나 말과 태도를 보면 어느 정도 느낌
이 올 수 있다. 남자가 키스를 하려는 마음의 의도를 가지

고 있으면 눈빛이 초조해지고 갑자기 대화가 끊기고 침묵
이 한순간 이어지다가 입술이 짧은 거리가 되도록 자세를
고쳐 앉게 된다.

하지만 미리 예고되거나 예견된 키스보다도 갑작스런 키스
가 더 짜릿하다.

사랑의 감정이 넘쳐 격정에 이르고 그것이 키스로 표현되
었을 때 당황스러우면서도 그 감미로움에 새로운 사랑을
느끼게 된다.

★ 이별할 때

오랫동안 헤어져 있게 될 경우에는 조금 깊은 키스도 무방
하다. 헤어져 있는 동안 내내 마지막 순간이 생각나게 만드
는 효과를 주기 때문이다.

너무 강한 키스는 미련만을 남기지만 아쉬운 듯 한 번 더
하는 가벼운 키스는 헤어지더라도 서로의 기억을 아름답게
해 준다.

남자의 눈길이 머무는 부분

♡ **입술**

많은 남자들의 눈길이 가는 곳은 여자의 입술이다.
물론 얼굴에 눈이 가니까 그럴 법도 싶지만 특히 입술이다.

♡ **얼굴**

얼굴은 당연히 봐야지. 몸매보다는 얼굴이 먼저니까.

♡ **허벅지**

남자들이 여자의 허벅지는 왜보는지 모르겠다. 다리를 보니까 점점 눈길이 위로 올라가 허벅지를 본다는 건가? 기분 엄청스리 나쁘다.

♡ **엉덩이**

남자들은 엉덩이가 펑퍼짐한 여자를 좋아할까, 조그마한

여자를 좋아할까? 엉큼하게 만지려는 남자도 있으니 조심
하길.

♡ 가슴

남자들은 여자를 만나게 되면 먼저 고개를 들지 못한다. 쑥
스러움 때문인지 아니면 여자의 몸매를 살피느라 그러는
지!!! 하여튼 남자들은 여자의 가슴 선만 보면 넋을 잃더라.

뽀뽀와 키스의 차이점

♡ 뽀뽀는 스치는 바람이고
♥ 키스는 흔들리는 폭풍이다.

♡ 뽀뽀는 아이스크림 맛이고
♥ 키스는 진한 칵테일 맛이다.

♡ 뽀뽀는 장난이고
♥ 키스는 장난이 아니다.

♡ 뽀뽀는 웃음이고
♥ 키스는 눈물이다.

♡ 뽀뽀는 얕은 강물이고
♥ 키스는 깊은 바다다.

키스한 후 남자들의 느낌

♥ 침을 닦고 싶다.
(침이 묻었는데 닦으면 상대 여자가 기분 나빠 할까봐 닦지
도 못하고 있는 게 괴롭다)

♥ 에로틱한 기분에 휩싸인다.

♥ 매끈매끈해서 기분이 좋다.

♥ 상대편 여자의 침 냄새가 나서 싫다.

♥ 잠시 분위기가 서먹해지며 썰렁해져서 쪽팔린다.

은근하고도
매력적인
선물

★ 인형

인형의 의미는 "나를 안아 주세요."

뭣도 모르고 그냥 덥석 받았다가는…

뭣도 모르고… 덥석 확 안길 수 있으니 조심하세요.

★ 반지

반지의 의미야 아는 사람이 훨씬 더 많겠지마는…

뭐 좀 무식한 말로는

"어디 가지마. 넌 내꺼라니까~~~"

★ 목걸이

목걸이의 뜻은 좀 야시꾸리 하다고 할 수 있다.

뿐만 아니라 직접 걸어 준다면…(이하 생략…)

목걸이의 뜻은

"당신과 영원히 아주 영원히 하나가 되고 싶어요."

함부로 목걸이 받았다간 오해받기 쉽겠죠???

★ 풍선

풍선의 의미는 사랑스런 당신과 늘 함께 하고 싶다는 마음

이겠지요.

요즘 프로포즈할 때

"아침에 일어나서 맨 처음 보는 사람이 너였으면 좋겠어"

라고 말한다던데….

아무 말 없이 색색깔의 풍선을 한 아름 안겨준다면 더 큰

감동이 없겠지요?

★ 립클로즈

촉촉한 입술을 의미하는 립클로즈를 남친한테 선물받았다

면 당신은 이미 그의 마음을 받아들였다는 의미입니다.

반지의 의미

★ 엄지

엄지손가락에 반지를 끼는 사람은 없겠지요.

엄지 반지의 의미는 솔로입니다.

즉, 애인이 없다는 뜻을 나타냅니다.

누구나 솔로는 싫어 할듯한데요….

★ 검지

일명 친구반지라는 것을 끼는 손가락입니다.

의기투합하거나 영원히 우정 변치 말자는 뜻으로 교환하는

거랍니다.

남자끼리는 이런 반지 끼면 좀 느끼하겠죠???

친한 친구와 반지를 나눠보세요!!!

★ 중지

결혼을 의미합니다. 왼손 가운데 손가락이 원래
결혼반지를 끼는 곳인데
요즘엔 오른손에도 끼지요….

★ 약지

말 그대로 약속의 의미를 가진 반지입니다.
약혼반지는 반드시 왼쪽에 껴야 한답니다(아주 깊은 뜻이 있
데요).

★ 소지

새끼손가락이지요.
이곳에 낀 반지는 남녀간에 통한다는 의미입니다.
서로 사랑하거나 좋아한다는 의미를 가지고 있어요.
이를테면 백 일째 만나는 날
은반지를 교환하는 커플은 이곳에 끼는 거예요!!!

여친에게 받고 싶은 선물

남친들은 여친에게 꼭 주고 싶은 선물이 있다고 합니다. 뭔가 하면요?

참! 언제나 흔하게 말하는 그 사랑한다는 찐한 마음, 키스 뭐 그런 거 말구, 진짜 물질적인 선물을 말하는 겁니다(물론 값나가는 커플 핸폰, pdp, mp3 등등 많지만 저렴한 것 중에서 고른다면… 변명도 궁색하죠?).

★ 꽃

꽃가게 앞을 지나가다 예쁜 꽃다발이 한 아름 꽂혀있는 걸 보면 남친들은 사랑하는 여친이 생각나서 꽃가게 앞을 서성이게 된다고 하네요. 꽃향기를 맡으며 좋아할 여친의 얼굴이 왔다 갔다 한다나???

★ 목도리

올겨울에 내릴 첫눈을 기다리며 언제나 첫눈 같은 설렘으로 만나고픈 마음에, 추운 겨울을 함께 보낼 여친에게 따뜻한 자신의 마음을 목도리로 전하고 싶어 한데요. 귀엽죠?

★ 액자와 사진

좀 그렇긴 하지만 암튼 자신과 함께 찍은 사진을 예쁜 액자
에 담아서 건네주며 떨어져 있어도 늘 생각해 달라고 말하
고 싶어 한데요.

그럼 울 남친분들이 여친들한테 받고 싶은 선물도 있겠죠?
궁금하게 하네요….
여친이 선물을 준다면 어떠한 선물이 되었건 고맙게 받을
수 있다고 하네요. 근데 특별히 받고 싶은 게 뭐냐고 하면
딱 꼬집어서 "이거다" 하는 물건은 없다고 하네요. 울 여친
들이 넘 남친들 기죽게 한 거 아닌가요???

여친에게 받고 싶은 소중한 것

하늘만큼 땅만큼 우주만큼 너한테 받고 싶은 것….
너한테 받아서 정말 행복할 것 같은 것….

★ 첫 키스
★ 매일 만질 수 있게 제작한 여친의 머리카락
★ 가슴 속에 숨겨 놓은 흥분된 모든 감정들
★ 여친의 인생 모두 다아~

여자랑
남자랑
첨 만났을 때

★ 무지하게 썰렁하다.

★ 둘 다 내숭이 하늘을 찌른다.

★ 서로 안 지려고 관심 없는 척 한다.

★ 남자는 멋있게 보이려고 노력한다.

★ 둘 다 똑같으면서 잘난 척 한다.

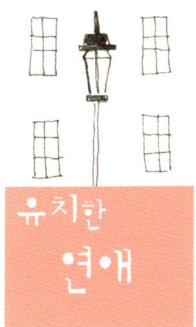

유치한
연애

★ 정말 유치해

연애하는 사람들은
주위 사람들에게 들키지 않고
둘만의 감정을 갖고 싶어 한다.
하지만 재채기를 참을 수 없듯이
사랑의 감정은 속일 수 없어서 결국
주위사람들은 알아차리고 만다.
어느새 연애하는 사람들은
평소에 안하던 짓을 하면서 유치해져간다.

★ 한 번의 연애

한 번의 연애는 백 권의 책을 읽는 것보다
더 실감나게 가슴이 따뜻해지는 걸 느낄 수 있다.
그에게 마음을 연다는 건
그만큼 자기를 버려야 함을 의미한다.
이미 자존심이나 부끄러움은 버려야 한다.
정열을 맛보기 위해 우리는 연애를 한다.

★ 그의 진실

사랑을 하면 그가 하는 달콤한 거짓말을 듣는다.
그게 거짓말이고 듣기 좋은 말인 걸 알면서도
그를 용서한다.
진실이 뭐냐고 물을 필요도 없다.
왜냐하면 거짓말 자체가 그의 진실이니까.

★ 더 많이 주고 싶다

그에게 더 많은 걸 주고 싶다.
그에게 희생하고 싶은 마음만 가득하고
안됐다는 마음만 가득할 뿐이다.
더 사랑을 주고 싶고 바치고 싶다.
그래서 오래도록 꺼지지 않는 사랑이고 싶다.

첫 데이트

기대도 되지만 넘 어색하고 썰렁할까봐 긴장도 되고 마음도 많이 쓰입니다. 하지만 첫 만남인데 어색하게만 지낼 수도 없는 노릇이죠. 어떻게 하면 썰렁한 분위기를 좋은 만남으로 기억되게 할 수 있을까요?

♥ 옷은 어떤 걸 입으면 좋을까

옷은 평상시에 즐겨 입는 스타일대로 입으면 됩니다.
넘 가꾸려고 애쓴 티가 나지 않게 평상시보다는 깔끔하게 입는 게 좋습니다.

♥ 무슨 얘기를 할까

자연스럽게 평상시에 궁금했던 게 있다면 물어도 좋고 학교 이야기를 해도 좋습니다(하지만 상대방이 대답하기 곤란한 질문을 한다든가 분위기하고 맞지 않는 쌩뚱맞은 질문은 NO).

♥ 뭘 하면서 시간을 보내나

가만히 앉아서 시간을 보낸다면 지루할 수도 있고 어색하고 썰렁할 수도 있으니까 쇼핑을 하는 것도 괜찮습니다. 그러면서 서로의 취향도 알 수 있는 좋은 시간이 될 수 있습니다.

연애를 하면
꼭 거치는
단계

♥♡ 만남 ♥♡

♥♡ 관심 ♥♡

♥♡ 사랑 ♥♡

♥♡ 확인 ♥♡

♥♡ 인내 ♥♡

그리고 무엇보다 중요한 건……

♥♡ 느낌 ♥♡

남녀의 상반된 심리

♡ 여자의 첫경험은 끝이기도 하지만

♥ 남자의 첫경험은 시작이다.

♡ 여자는 지나가는 연인들의 동성에 신경 쓰지만

♥ 남자는 이성에게 눈길을 준다.

♡ 여자는 멋있는 담배라고 생각하고 피우지만

♥ 남자는 맛있는 담배라고 생각하며 피운다.

♡ 여자는 사랑하는 사람에게 실망할 때 바람을 피우지만

♥ 남자는 사랑하는 여자가 잘해 줘도 바람을 피운다.

♡ 여자는 관심이 있어도 무관심한 척하지만

♥ 남자는 관심이 있으면 얼른 손길을 내민다.

♡ 여자는 뭐든지 이야기하는 사이가 되길 원하지만

♥ 남자는 아무 말 하지 않아도 알 수 있는 사이가
　되길 원한다.

♡ 여자의 우정은 남을 욕하다가 생기고

♥ 남자의 우정은 서로 끌어주는 힘에 의해 생긴다.

♡ 여자는 이성적인 남성과 운명적인 만남을 꿈꾸지만

♥ 남자는 한눈에 반해 버린 여자와의 잠자리를 꿈꾼다.

♡ 여자는 만나면 인사를 요구하고

♥ 남자는 만나면 눈길을 요구한다.

♡ 여자는 남친에게서 기억에 남을 만한 것을
　받고 싶어 하고

♥ 남자는 여친에게서 형체로 남지 않는 것(?)을
　갖고 싶어 한다.

남자들의
소유욕

소유욕 1.

남자는 여자를 자기의 소유로 하고 싶어 한다.

이건 일종의 어린애들이 장난감을 자기 것으로 만들고 싶
어 하는 심리와 비슷한 것이다.

소유욕 2.

남자는 누구나 자기 여자에게 이렇게 말한다.

"나는 사회생활을 위해서 어쩔 수 없이 다른 여자와도 가까
이 할 수밖에 없지만, 너는 절대 다른 남자하고 얘기하면
안돼."

(지금이 선사시대도 아니고…)

소유욕 3.

남자는 어쩌다가 한 번씩 여자를 무시하면서 자기 것이란 걸 재차 확인한다.

"넌 항상 내 옆에 있으니까 지겨울 때도 있고, 니가 내 옆에 있다는 사실을 잊을 때도 있어. 어쩜 넌 공기와도 같은 존재라고나 할까??? 하지만 니가 딴 남자에게 가는 건 원치 않아. 남 주기는 아까우니까. 넌 내꺼야!!!"

♡ BOX ♡

Love Moderately. long love doth so.

소유욕 4

남자는 여자에게 육체적인 사랑의 확인을 원한다. 그리고 그걸 여자가 거부하면 아주 화를 낸다.

"넌 날 사랑하지 않는 거지? 알았어! 날 사랑한다면 나에겐 너의 그 육체가 필요해. 하지만 딴 남자랑은 절대 안돼. 절대로!!!"

소유욕 5

남잔 여자에게 보호받고 싶어 한다. 하지만 자신의 소유욕으로 여자에게 보호받을 땐 아주 열등의식을 느낀다. 그것을 감추기 위한 행동으로 가끔 투정을 부린다.

"난 너의 위로의 말 따위는 필요 없어."

그치만 이런 말을 하면서도 여자에게 안타깝고도 애처로운 눈길을 보낸다.

울 여친들은 이런 남자들이 정말 싫어질 때 있죠???

여자가 마음에 들 때 남자의 행동

♥ 친구에게 보여주려고 한다

남자들에게는 다소간의 과시욕구가 있어서 자기가 사귀는 여친을 자기 친구들에게 보여주려는 경향이 있다(간혹 이런 거 싫어하는 여자들도 있지요).

자기가 뭐 장식품이나 수집품이라도 되냐구 하면서 난리들 치지만 이것만은 알아둬야 한다. 남자는 사귀는 여자가 별로일 때는 절대로 자기 친구한테 보여주는 일이 없다. 물론 너무 좋아해서 안 보여 주는 남자도 있기는 하다.

대부분의 남자들은 자기가 사귀는 여친은 자기랑 절친한 친구들에게 꼭 보여주고 싶어 한다.

♥ 챙겨주려 한다

소개로 만났건 아님 우연히 만났건 간에 여자가 맘에 든다면 남자들은 우선 그 여자를 챙겨주려고 한다. 모든 일에 여자의 의견을 먼저 묻는다든지 암튼 등등…. 여자가 맘에 들 때 챙겨주려는 거 모든 남자들의 공통점이다.

♥ 옆에 앉고 싶어 한다

이건 어떤 경우에도 예외가 없는 사항이다. 첨부터 그럴 수야 없겠지만 암튼 여자가 맘에 들면 꼭 옆에 앉고 싶어 한다. 왜냐구요? 남자가 늑대라서 그런가요???

♥ 궁금해 한다

관심도 사랑의 일부이다. 남녀관계에서는.
남자뿐만 아니라 사람이라면 자기가 좋아하는 것에 대해서는 무엇이든지 알고 싶어 한다. 스포츠를 좋아하든 아니면 음악을 좋아하든 자기가 좋아하고 맘에 드는 게 있다면 그것에 대해 해박한 지식을 갖게 된다.
그런데 자기가 좋아하고 맘에 든 여자가 있다면 당연히 그녀에 대해서 알고 싶은 게 없겠어요? 모든 게 궁금하지요.

♥ 기억해준다

맘에 든 여자가 있다면 남자는 그녀의 사소한 것까지 모두 기억해 둔다. 내가 그냥 흘려 얘기한 걸 누군가가 세세하게 기억해 준다면 기분 좋은 일이지요. 첫 만남에서 한 얘기 대부분은 기억하기 힘들죠. 만나면서 '나는 어떤 걸 좋아한다.' 그냥 얘기한 것뿐인데 그걸 선물로 받게 된다면 넘 기쁘겠지요? 남자는 그냥 그녀가 좋아하는 모습을 보는 것만으로도 만족해 한답니다. 자!!! 기뻐하세요. 이제 이 남자는 당신의 거랍니다.

웃음으로 본 남자의 유형

★ 입을 벌리고 크게 웃는 남자

책임감 있고 매우 성실한 타입이다. 이런 사람은 안심하고 사귀어도 좋습니다(남자라면 호탕하게 웃는 모습도 보기 좋죠?).

★ 손으로 입을 가리고 웃는 남자

의지가 굳고 일을 지나칠 만큼 굉장히 효율적으로 처리하는 타입이다. 넘 솔직해서 다른 사람들한테 오해를 받을 수도 있는 남자랍니다. 이쯤 되면 성격 파악되지요???

★ 머리를 숙이고 웃는 남자

주관이 모자라고 귀가 얇아서 남의 말에 쉽게 넘어가는 타입이다(이런 남자는 트럭으로 줘도 싫지만 머리를 숙이고 웃는 것 자체도 진짜 밥맛!! 넘 싫죠?).

★ 입을 작게 벌리고 웃는 남자

다른 사람의 시선을 많이 의식하고 자기의 의견을 드러내지 않고 홀로 적막감을 느끼는 내성적인 성격의 소유자이다.

★ 미소로 답하는 남자

성격이 아주 낙천적인 타입이다. 자질구레한 일에 골치를 썩지 않아서 여자 친구에게 버림을 받더라도 빨리 회복한답니다(이런 사람은 첫인상이 좋아서 내 남친이었으면 하고 혹하겠지만, 내 남친이라면 답답해 죽을 수도 있겠네요).

어떤 성격의 소유자이든
남자는 여자하기 나름 아닌가요???

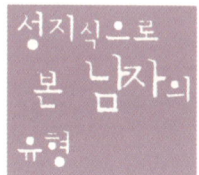

★ 얕은 성지식과 경험이 전혀 없는 남자

순진한 건지 무지한 건지 판단이 서지 않는다. 이런 남자는
거의 만나기 어렵다고 봐야할까? 여자 싫어할 남자는 없고
여자의 입장에서는 이런 남자를 좋아하는 건 동화 속에서
나 있을 법한 일이고 일단 여자가 싫어하는 이유는 테크닉
상에도 문제가 있지만 여자가 행동하기에 황당한 상황으로
몰고 가기 때문이다.

★ 성지식은 풍부하나 경험이 없는 남자

무지도 아니고 순진도 아닌, 이런 남자는 호기심은 많은데
못하는 경우와 안하는 경우로 나눌 수 있다. 물론 어떤 여
자를 만나냐에 따라 이런 남자 크게 달라질 수 있다.

★ 성지식은 없지만 경험이 있는 남자

지식이 없는 남자, 그러니까 관심이 없는 남자는 흔하지 않
지만 어쨌든, 상황이 성경험을 만들어 냈다고 해야 하나?

Man were deceivers ever. k k

★ 지식도 있고 경험도 있으나 자제하는 남자

여자를 다루는 테크닉이 뛰어날 뿐 아니라 이런 남자 만나기 쉽지 않다. 이런 남자를 만나면 편하고 괜찮을 것 같지 않은가!!!!

★ 지식도 있고 경험도 있고 자제하지 못하는 남자

여자를 다루는 심리적, 신체적 테크닉이 뛰어날뿐더러 자기 자신은 도덕적으로 타락한 사람이 아님을 강조한다. 일테면 사랑하기 때문이라나 뭐라나….

암튼 이런 남자 키우지 마세요.

남자가 꿈꾸는 이상형

(내 여자 이랬으면 좋겠다)

♡ 슬픈 영화를 보며 펑펑 울 정도로 마음이 따뜻한 여자(울 때 말없이 안아주지!)

♡ 어려운 일이 있으면 전화해서 상의하는 여자(혼자 해결할 수 있지만 말하면 잘 들어줘.)

♡ 내가 바란 적도 없는데 부모님 드리라며 선물 사주는 여자(자기도 우리 부모님 생각이나 해줘?)

♡ 다른 사람과 싸울 때 내가 잘못한 일이 있어도 내 편을 들어주는 여자(자기도 내 편 들어줘.)

♡ 주문을 잘못 받은 종업원과 싸우는 내게 그냥 먹자고 말하는 여자(싸우기 넘 힘들어.)

♡ 내가 무엇이든 도전할 때 용기를 주는 여자(용기 주고 싶지.)

♡ 내가 다른 여자 만나면 질투하지만 정작 바가지는 긁지 않는 여자

♡ 하루라도 전화하지 않고는 못 배기게 하는 여자(자기 보고 싶으니까!)

♡ 집까지 바래다주는 나에게 팔짱을 끼는 여자(다정해 보이잖아.)

♡ 꽃을 선물하면 돈 아깝게 왜 샀느냐고 하면서도 좋아서 어쩔 줄 몰라 하는 여자(꽃 받고 싫어하는 여자 세상에 없다.)

♡ 싸우고 돌아서도 금방 전화해서 미안하다고 말할 줄 아는 여자(너도 먼저 미안하다고 말해줘.)

♡ 언제나 얼굴에 미소를 머금고 있는 여자(산소 같은 여자 좋지요.)

♡ 눈빛만으로 모든 걸 알 수 있는 여자(원하는 게 있으면 말로 하면 좋잖아.)

♡ 다른 남자와 비교하지 않는 여자(여자인 나도 비교되기 싫어.)

♡ 어디를 가든 나와 함께 있으면 행복해 하는 여자(같이 있으면 좋지.)

♡ 취미가 틀려도 무엇이든 나와 공유하려는 여자(여자 하는 거 같이할 생각은 있나?)

♡ 힘들 때 일수록 힘이 되어주는 여자(힘들다고 솔직하게 말해줘.)

♡ 사랑하기 때문에 헤어진다는 게 가능하다고 생각하는 여자(거의 불가능해.)

♡ 헤어져도 죽을 때까지 잊을 수 없는 여자

남자가 가장 듣기 싫어하는 말

♥ 미안해

생각만 해도 화가 나는 말이다. 미안하다고? 미안하다는 걸 알면 왜 미안한 짓을 하는 거지? 값싼 동정을 받는 느낌. 남자를 초라하게 하는 말이다.

♥ 넌 부담이 없어서 좋아

'이런 말을 들으면 부담이 될 말은 아예 할 수가 없다. 한마디로 부담을 느끼게 하면 넌 끝이라는 말인데 옆에 있으면서 없는 듯 하게 느껴지는 존재라니…. '차라리 너 죽도록 싫어' 라는 말을 듣는 편이 낫다.'

무관심한 존재라는 말같이 느껴져서 정말 비참하게 느껴진
다.

♥ 넌 정말 이기적이야

정말 가슴 아프게 하는 말이다. 더군다나 좋아하는 여자에
게 이런 말을 들으면 살맛이 정말 안 난다.

♡ 자기는 키가 160도 안 되면서 키가 180도 안 되냐고 남
   자에게 윽박지르는 여자.

♡ 남녀평등을 부르짖으면서 불리한 순간이 오면 "난 여자
   니까" 하면서 빼는 여자.

♡ 조건, 학벌, 외모를 따져가며 다른 남자들과 비교해서 맥
   빠지게 하는 여자.

♡ 아무리 얼굴, 학벌, 외모가 뛰어나다 해도 겸손하지 못한
   여자.

♡ 여자에게 내숭이라는 건 빠질 수 없는 거라지만 이건 정
   도를 넘어서 허위의 가면을 쓰고 다니는 여자.

♡ 첫인상을 외모로만!!! 평가하는 여자.

♡ 자신의 처지는 생각도 하지 않고 너무나 완벽을 지나쳐
   퍼펙트한 남자를 지나치게 원하는 여자.

요즘은 미인이 너무 많다.

그래서 그들이 활보하고 다니는 거리까지

아름답게 보일 정도다.

하지만 그건 단지 겉으로 드러나는 아름다움이다.

그렇다면 성격 미인도 있다.

작은 행동, 짧게 나눈 말 한 마디에서도

느껴지는 아름다움….

성형외과에서는 만들 수 없는 진정한 미인이다.

자기 스스로 자신을 만들어가는 그들이 바로

성격미인이 아닐까!!!

여자의 변신은 OK, 변심은 NO

여자의 변신은 당연 무죄랍니다. 하지만 변심은 NO.
(참고로 A B C D E는 남친의 애칭임)

★ A 앞에서 난 공주가 된다.
공주병 싫어하면서 그는 날 공주로 만든다.
만나기 싫은데 자꾸 만나자고 하니까 할 수 없이
난 남들이 말하는 튕기는 애가 되고 만다.
냉정한 성격이라고 하지만 나더러 우찌라고.

★ B 앞에서 난 바보가 된다.
말도 못하고 쩔쩔매고 정말 한심하다.
나의 그 잘난 자존심은 어디로 갔는고?

★ C 앞에서 난 나 자신이 된다.
웃고 농담하고….
적당하게 예의도 깔고 자연스럽다.

★ D 앞에서 난 똑똑한 척한다.
도대체 내가 뭐가 부족해서 척하는지….
하지만 내 자신은 어디로 가고
척하는 내숭덩어리가 될 뿐
나를 제대로 표현할 수가 없다.

★ E 앞에서 난 천사가 된다.
순진무구
현모양처
나한테도 이런 모습이 있었나?

도대체 나의 진짜 모습이 뭘까요???

남자들이 어떤 여자를 좋아한다고 생각하나요?

물론 첫째도 외모, 둘째도 외모, 셋째도 외모라고 생각하
죠? 그건 착각. 우리의 착각입니다.

남자들은 이런 여자들한테 호감이 간다고 합니다.

♡ 첫 번째 착한 여자

♡ 두 번째 귀여운 여자

♡ 세 번째 성격 좋은 여자

♡ 네 번째 예쁜 얼굴의 여자

♡ 다섯 번째 섹시한 외모의 여자

여친들이 생각하는 남자들은 첫 번째로 예쁜 얼굴을 가진 여자, 두 번째로 귀여운 행동을 하는 여자, 세 번째로 날씬한 몸매를 가진 여자, 네 번째로 능력 있는 여자, 다섯 번째로 착한 여자 순으로 호감을 갖는다고 생각했지만 의외로 그렇지 않답니다. 그치만 착하고 귀여운 여자가 예쁘기까지 하다면 더욱 좋아하겠지요?

그렇담 남자들이 싫어하는 여자는?

♡ 첫 번째 잘난 척 하는 여자
♡ 두 번째 못생긴데다 공주병까지 걸린 여자
♡ 세 번째 뚱뚱한 여자
♡ 네 번째 남자만 돈 내게 하는 여자
♡ 다섯 번째 어디가도 입만 둥둥 뜨는 여자
여친들이 생각하는 남자들은 못 생기고 뚱뚱한 여자, 자기보다 잘난 여자, 그리고 지저분한 여자를 싫어할 거라고 생각하셨죠? 이번 기회에 오해이고 착각이었다는 사실 아셨죠?

그런데 중요한 건 이 내용은 설문조사였다는 겁니다. 진짜 남친들의 속마음(그 시커먼 속마음) 누가 알우???

이해할 수 없는 남자들

♡ 왜 땡볕에서 운동을 할까?

   (뜨거운 열정을 뜨거움으로 식혀야 하나?)

♡ 왜 예쁜 여자만 보면 사족을 못 쓸까?

   (암튼 이쁜 거 싫어하는 남자 없다니까…)

♡ 왜 쓸데없이 내기에 목숨을 걸까?

   (목숨은 무슨 목숨 심심하니까 그렇지…)

♡ 왜 군대이야기를 평생 울궈 먹는 것일까?

   (군대 못간 놈 골려주려고 그러나?)

♡ 왜 다들 왕자병일까?

   (요즘 왕자 아닌 놈 보지를 못했다)

남자가 바라본 이 세상의 여자

♡ 예쁜데다가 하는 짓도 예쁜 여자
♡ 못났지만 하는 짓은 예쁜 여자
♡ 예쁘지만 하는 짓은 미운 여자
♡ 못생겼으면서 하는 짓도 미운 여자

나는 과연 어떤 타입의 여자일까?

♥ 평생의 내 반쪽이라는 걸 확신했을 때

진정 나도 모든 것을 접어놓고 내안에 잠재된 여자를 꺼내고 싶습니다.

♥ 그를 놓치고 싶지 않을 때

모든 것은 신중하게 선택해야 하지만 사랑만은 그렇지 않아요. 사랑은 조금만 더 생각하고 선택하려고 하면 이미 떠나버리고 없답니다.

그래서 놓치기 쉽고 빼앗기기 쉬워요. 그래서 조금은 나의 여성적인 매력을 뿜어내면서 그를 잡고 싶답니다.

♥ 조용하게 다가와 내게 관심을 가져주는 그가 맘에 들 때

일방적인 사랑은 마음만 아플 뿐 사랑은 그가 날 조금이라도 봐줘야 나도 그를 한없이 바라볼 수 있답니다. 내게 조

그마한 관심을 가져주는 그가 마음에 들 때 난 아주 여성적
인 모습으로 그에게 다가가고 싶습니다.

♥ 사랑하는 남자를 행복하게 해주고 싶을 때
나와 그가 동시에 감정이 같을 때 그는 내게 아
주 큰 행복과 기쁨을 줍니다. 나 역시
받을 수만은 없지요. 난 내 안의 여
우기질을 모두 그에게 내보이고 싶습
니다.

♥ 사랑하는 내 남자가 좌절해 있을 때
이상하게도 모성이 꿈틀거립니다. 다가
가서 포근하게 안아주고 싶지요. 그래서
그가 고통에서 빠져나올 수만 있다면 난 그에
게 나의 여자다움을 한껏 발휘할 거랍니다.

남자가 호감 있어 하는
여자의 첫인상

♠ 부담이 적은 여자

첫인상이 아주 오랫동안 알았던 사람처럼 마음이 편하게
느껴지는 느낌이 좋은 여자!

♠ 재미있게 해주려고 노력하는 여자

웃음 띤 미소를 잃지 않고 상대방을 재미있게 해주려고 노
력하는 여자(수다스러운 것과는 달라요)!

♠ 조용한 여자

말없이 눈만 바라봐도 마음으로 통할 수 있을 것만 같은 새
벽 거리같이 느껴지는 여자!

♠ 신념이 뚜렷한 여자

자신이 무엇을 할지 확실하게 알고 있고, 앞으로 해야 할 생각과 행동이 확고하게 서 있는 것처럼 느껴지는 여자!

♠ 항상 옆에 있어 줄 것 같은 여자

항상 나만을 위해서 내 곁을 떠나지 않고, 주위를 맴돌아 어려울 때는 옆에 있기만 해도 힘든 세상이 쉽게 지나갈 것만 같이 느껴지는 여자!

★ 잠자는 숲 속의 공주

부족함 없이 태어나 만인이 시기를 한다.

나약하고 의지가 부족하다.

잠만 자면 왕자님이 나타나 키스를 해주길 바란다.

왕자님이 나타나지 않으면 그녀는 늘 잠만 잔다.

동화적 환상이 강한 공주.

★ 인어공주

분명 그녀에게도 안락하고 행복한 삶이 있었다.

하지만 지느러미를 다리로 바꾸려고 시도했고 인간의 삶을

영위했고 왕자님을 차지했다. 그렇지만 그녀는 너무 투지

가 강했고 결국 물거품이 되고 만다.

투지가 강한 공주.

★ 백설공주

좀 멍청한 듯 하면서 단순하고 착하다.
독사과를 먹어도 누군가 꼭 구해주며 자기 궁에서 쫓겨나
도 왕자님이 꼭 나타난다.
전형적인 공주형으로 현실적이지는 않지만 착한 공주.

★ 엄지공주

환경에 적응도 잘하고 개척할 줄도 안다.
싫은 건 싫다고, 좋은 건 좋다고 말할 줄 안다.
왕자님도 저절로 나타난 것도 아니고
왕자님을 만나기 위해 노력한 것도 아니다.
현실을 잘 판단하는 똑똑한 공주.

★ 평강공주

현실을 개선할 줄 알고
자신의 단점을 고칠 줄도 알며
좌절하지 않는 강한 공주
온달에게 사랑과 존경을 받았을 공주
현실적이며 존경의 대상인 공주.

당신은 어느 과에 속하는 공주인지 한 번쯤 시간나면 생각
해봐도 좋을 듯싶네요.

남자들이 말하는 황홀한 여자

♥ 만날 때마다 미소 짓게 해주는 여자

♥ 만날 때마다 항상 보고 싶었다고 하는 여자

♥ 만날 때마다 행복을 느낄 수 있게 하는 여자

♥ 만날 때마다 투정부려도 웃음으로 받아주는 여자

♥ 만날 때마다 사랑한다고 속삭여주는 여자

♥ 만날 때마다 항상 내 걱정을 해주는 여자

♥ 만날 때마다 존중하고 이해해 주는 여자

♥ 만날 때마다 포근히 안아주는 여자

이런 여자 정말 세상에 있기는 한 거 맞죠???

아님 남친들 불쌍하잖아요….

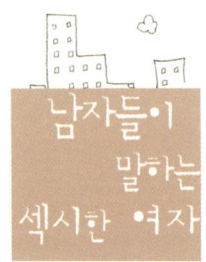

★ 자신의 신체를 무기로 삼는 여자

쭉 빠진 몸매에 허리까지 오는 긴 생머리, 초미니 배꼽티를
입고 거리를 활보하는 여자(물론 다른 사람들의 시선을 의
식했는지 걸음걸이도 공주같이 걷는다).

거기에 속까지 훤히 들여다보이는 옷까지 입었을라 치면
뭇 남자들 시선 고정되는 건 당연하다.

남자들 즐겁게 해주려고 입은 거 아니라면 가끔 넘 심하다
싶은 여친들도 있지만 어쨌든 눈이 즐거운 건 사실이다.

그렇지만 에구구!!!

노출이 심하다고 다 섹시한 건 아니죠?

요즘은 노출 심하신 여친들 많기 때문에 절대 뒤돌아보지
는 않습니다.

★ 그 모습 그대로 섹시한 여자

요즘은 정말 보기 드물지만 긴치마에 그냥 평범한 블라우스 입고 머리는 특별히 신경 쓰지 않은 듯 자연스럽게 묶은 것뿐인데 넘 섹시해보여서 가다가도 다시 한 번 뒤돌아보게 만드는 여자. 감동 먹지요.

요즘엔 같은 병원에서 성형수술했는지… 눈은 누구 눈, 코는 누구 코, 입술은 누구 입술 해서 정말 판박이 같아 누가 누구인지 구분을 할 수 없을 정도로 비슷하게 생긴 여자가 많다. 말로는 엑스세대라고 하지만 넘 개성이 없다는 생각이 든다.
섹시!!! 말로는 모두 섹시 찾지만 정말 섹시한 여자 보지 못한 거 아닌가요???

남자가 그냥 지나칠 수 없는 여자

★ 술에 취해 토하는 여자

길거리에서 토하는 여자들…
얼마나 술을 퍼부었으면 저 정도일까 싶지만
뒤에서 등을 톡톡 두드려주고 싶은 건 왜일까?
남자들 그렇다네요.

★ 짧은 미니 스커트의 여자

안에 입은 속옷이 보일 듯 말 듯
정말 노출이 심하다 심하다 해도
한 뼘도 안 되는 스커트 입고
밖에 나오자면 어쩌자는 거야???
남자들 눈은 어디로 돌리라구!!!
(눈 딴 데로 안 돌리고 보자니 그렇구…)

★ 긴 생머리의 여자

어릴 때부터 길러 온 머리인지
허리까지 내려오는 머리카락
나풀거리며 걷는 여자분들
꼭 한 번쯤은 앞모습을 궁금하게 만든다.
얼른 뛰어가서 얼굴을 볼라치면
역시!!!! 실망 대실망…
차라리 안보고 상상만 할껄.

★ 자연 미인

보고 또 봐도 따라가서 말 걸고 싶은 여자
화장은 한 듯 안 한 듯
넘 예쁜 얼굴에 풍기는 지적 미(美)까지
꾸민 듯 안 꾸민 듯한 자연스러움 그 자체
하지만 어딘지 도도한 분위기 연출
뭇 남자들의 시선을 한 몸에 받고서도 남을 여자.
저 여자 남친 있을 거야….

★ 죽어도 손해 안 보려는 여자

자기한테 손해되는 일은 죽어도 안하고
결정적일 때 혼자서 이익을 챙기는 여자
그렇다고 자기가 생계를 책임질 가족이 있는 것도
아니면서….
그케하면 섭섭하지….

★ 바람기 있는 여자

남자 밝힘증이 있는 여자
이런 여자들은 좀더 나은 놈 생기면 금방 변한다.

★ 짜증내는 여자

옆에 있기가 겁난다. 무슨 짜증을 그케 부리는지.
남자의 단점이란 단점은 다 캐내 면박 주고
사소한 일에 신경질만 부리고
또 요구사항은 많기만 한 재수 없는 여자.

★ 분위기 없는 여자

연애는 분위기의 마법사라고 하는데
뛰어난 미인은 아닐지라도 분위기는 있어야지.
여자다운 분위기라고는 개코도 없는 여자.

★ 정말 끼가 넘치는 여자

술이나 담배는 당연하고
음침한 곳도 무서워하지 않는 여자
화장이나 치장만 요란하고 내실은 전혀 없는 여자
자기가 잘났고 매력적이라고 하시만
남자가 보기에는 전혀 아닌 여자

이런 여자분들 전혀 가까이하고 싶지 않데요….

남자가 꺼리는 여자

♥ 내 친구와 사귀면서 나에게 전화하는 여자
   (자기 남친보다 다른 남자에게 관심 있나?)

♥ 첫 만남부터 거리낌 없이 행동하는 여자
   (다른 남자를 만나도 그랬겠지)

♥ 옷을 정말 야하게 입는 여자
   (다른 남자들의 눈길을 받고 싶은가!!!)

♥ 미팅은 절대하지 않는다고 말하는 여자
   (열길 물 속은 알아도 한길 여자 속은 모른다)

♥ 만날 때마다 돈 없이 나오는 여자
   (남의 주머니도 내 주머니인가?)

•여자는 변한다

10대에는 사랑에 자극을 받는다.

20대에는 로망스를 갈망한다.

30대에는 존경받기를 원한다.

40대에는 동정을 구한다.

50대에는 돈에 마음이 움직인다.

집착

집착하는 사랑은
당신의 인생을 순식간에
몇 년씩이나 낭비해버립니다.

집착하는 사랑은
정서불안, 두통, 위장장애를 일으킵니다.

집착하는 사랑은
다른 중독증과 마찬가지로
끊으려면 단호한 의지가 필요합니다.

집착하는 사랑은
당신 혼자만 사랑이라고 느낄 뿐
사랑에 빠진 게 아니라
단지 집착에 빠진 것 뿐입니다.

상당히 오랜 시간을 쉬지 않고 굴러가는 쳇바퀴처럼
사랑과 고통으로 짜릿할 수도 있지만
그것 때문에 어느 순간 당신은
더 많은 시간을 버려야만 합니다.
(어쩜 무서운 일일수도 있어요)

울 여친들은 이런 일 절대 없죠???

지혜로운 남자(넌 현실적인가?)

♣ 현실적인 생활방식을 가진 남자

자기가 살고 있는 공간 안에서 정말 진실하게 열심히 살아가는 남자.

♣ 목표를 가지고 있는 남자

자기가 몸담고 있는 곳에서 최고의 남자가 아닌 최선의 남자.

♣ 자신의 생각과 취미를 같이 나누려는 남자

나 혼자만 잘난 척, 나 혼자만 잘나가는 척 하는 남자가 아니라 즐겁고 편안하게 즐길 수 있는 모든 것을 여친과 함께하려는 남자.

♣ 생색내지 않고 여자를 지원하는 남자

자신의 여친이 행복한 삶을 살아가기를 바란다. 그래서 그녀의 목표가 이루어지는 일이라면 지원을 아끼지 않는 남자.

♣ 여자의 말에 귀를 기울이는 남자

자신의 문제는 자기 자신만이 해결할 수 있다고 믿지 않고 여친의 조언에도 귀를 기울일 줄 아는 남자.

♣ 약속된 만남을 유지하는 남자

여친과의 약속된 만남을 끊지 않고 지속적으로 좋은 감정을 유지하도록 노력하는 남자.

♣ 나 잠자고 있어. 피곤해

걸까말까 망설이다가 어렵게 전화를 걸면 기다렸다는 듯이 "나 피곤해. 지금 잠자고 있거든. 나중에 다시 걸어." "내가 나중에 다시 걸줄 아냐? 넌 이제 나랑 끝이다. 내가 전화를 다시 걸면 니 자식이다." 라는 생각이 들게 정말 자존심 팍팍 상하게 하는 남자

♣ 헤어스타일이 무궁 무쌍하게 변하는 남자

무스나 왁스는 말할 것도 없고 늘 헤어스타일에 관심이 많아서 누구 연예인이 했다고 하면 늘 따라서 해보는 남자. 지가 무슨 연예인이라구….

♣ 무슨 날만 되면 바쁜 남자

무슨 날만 되서 연락하면 늘 언제나 바쁘다고 말하는 남자. 무슨 스케줄을 얼마나 엮고 다니시기에 그렇게 바쁘신가? 한 번쯤은 의심이 가네요

♣ 꼭 밤에만 만나자고 하는 남자

시간이 없어서 그럴 수도 있지만 꼭 밤에만 만나자고 하는 남자. 남자들은 다 늑대라고 하더니 이런 남자 수상해요.

♣ 차 마시러 잘 가는 남자

남자가 무슨 차? 자동차면 또 모를까. 웬 차?

이런 남자들 믿지 못할 남자이기보다는 정말 밥맛 뚝!!!

이런 남자 정말 싫다

◆ 못생긴 남자는 예쁜 여자를 밝힌다

여친은 '데리고 다니기 쪽팔리지 않아야 한다.' 고 생각한
다. 자기 주제파악은 못하고(자기 세숫대야는 들고 다닐만
한가?) 여친 때문에 자기가 쪽팔리지 않아야 한다고 생각한
다. 자기랑 같이 다닐 여친이 쪽팔리는 건 생각지도 않는
남자.

◆ 잘생긴 남자는 돈 많은 여자를 밝힌다

자기는 아무 것도 없고 그저 잘난 거라고는 부모가 물려준
얼굴하나 반반한 주제에 여자 차를 제 차인 양 과시하고 다
닌다. 그러면서 그저 여자는 자기만 해바라기해야 한다고
주장하는 남자(자기는 어디 좀 더 돈 많은 여자 없나 하고
눈 돌리고 다니면서…).

◆ 학벌 좋은 남자는 애교 많은 여자를 밝힌다

자기의 좋은 머리를 늘 칭찬해 주기를 바라고 여자가 자기 앞에서 그저 귀엽게 행동하는 걸 즐긴다. 예쁜 여자는 금세 싫증이 나서 싫다는 말도 서슴치 않고 하는 남자(예쁜 여자들이 자기를 싫어한다는 말은 결코 하지 않는다).

◆ 돈 많은 남자는 섹시한 여자를 밝힌다

자신의 돈(자기가 돈이 어딨냐? 다 자기 부모 돈이지)이 자신의 모든 결점을 커버할 수 있다고 생각한다. 그래서 자신의 개성과 매력을 돈으로 해결할 수 있다고 믿으며 모든 여자의 섹시함과 매력을 돈으로 살 수 있다고 생각하는 남자(여자는 당신의 놀이 대용품이 아니랍니다).

◆ 대부분의 남자는?

대부분의 남자는 이렇지 않다고 믿고 싶겠죠? 울 여친분들 그렇게 믿으세요. 그래서 지금도 남친과 사랑에 빠지길 원하는 거 아니겠어요?

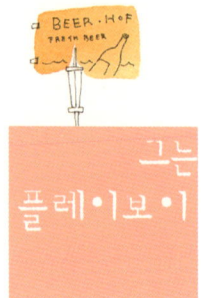

★ 인내심이 강하다

절대 조급하지 않고 넓은 포용력을 가지고 있으며 너그럽
고 여자의 의사를 최대한 존중한다.

절대 무리하게 자신의 요구를 말하지 않고 여자가 기다리
다 지쳐 먼저 손을 내밀도록 유도한다.

★ 타이밍을 잘 맞춘다

여자의 감정의 곡선을 잘 알아서 그녀의 사랑의 정점을 아
주 잘 파악한다. 남자는 즉흥적이고 단순하지만 여자는 천
천히 그리고 조심스럽게 사랑에 다가가는 감정을 파악하고
그때그때의 사랑에 맞는 행동을 취해 아주 능숙하게 이끌
어간다.

★ 그녀가 사랑에 빠지게 만든다

그는 여자가 사랑에 취하게 만든다. 선물이나 물리적인 것도 중요하지만 뛰어난 말솜씨로 분위기를 만들어간다. 절대로 자극적이지 않으면서도 남성적인 강한 매력과 부드러운 눈빛으로 그녀가 사랑에 빠져들도록 만든다.

★ 여자를 편하게 한다

그는 친한 친구처럼 그리고 오빠처럼 모든 얘기를 그녀의 편에서 듣고 이해해주며 언제나 그녀의 편인 것처럼 행동한다. 그래서 그녀에게 애정이 담긴 말을 속삭이고 그녀가 원하는 모든 것을 해주도록 노력한다.

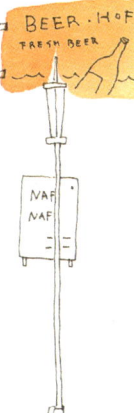

★ 여자가 환상에 젖게 만든다

그는 여자가 자기 외모에 만족하고 자신감을 갖도록 만든다. 마치 자신이 동화속의 주인공이 된 것처럼 착각하게 만든다. 그래서 집에 와서도 늘 그와 함께 있던 꿈속 같은 분위기로 돌아

가고 싶어 하고 그가 없이는 도저히 아무 것도 할 수 없는 것처럼 느끼게 한다. 곁에서 보는 제3자 입장에서는 그녀가 사랑에 빠져서 정신이 없구나 라고 생각할 수도 있지만 가만히 멍하게 있다든지 아님 그에게 모든 걸 걸 수 있다고 생각하는 등 정상의 범위를 벗어나게 만든다.

여친분들! 진정한 남자는 그대의 곁에서 그저 묵묵히 그대가 기댈 수 있는 따뜻한 어깨를 내어 줄 수 있는 그런 남자랍니다. 아시죠???

밥맛인 남자

★ 다른 여자에 금방 빠지는 남자

2년 동안 사귄 여친 버리고
일주일 만난 다른 여자를 사랑한다는 남자.

★ 주책 맞은 남자

술자리에서 자신의 여친과의 스킨십을
자랑으로 떠벌리는 남자.

★ 모든 여자에게 매너가 좋은 남자

나한테만 잘해주는 줄 알았더니
알고 보니 만나는 여자 마다 잘해주면서
관심이 있다는 듯이 행동하는 남자.

★ 만나는 동안 계속 자기말만 하는 남자

첨 만났을 때야 말 잘한다고 생각하지만
자꾸 만나고 시간이 흐를수록
지치고 힘들게 하는 남자.

★ 리더십 없는 남자

그날의 스케줄도 없이 그냥 불러내서는
마주보고 앉아서도 말 한 마디 없어
분위기 머쓱하게 만들고
영화보자고 해놓고
정말 영화만 보고 집에 가자고 하는 남자.

★ 자기가 왕자인 듯 착각 속에 빠진 남자

자기 얼굴이 젤 잘난 줄 알고
자기가 이 세상에서 젤 멋진 남자라고 생각하고
착각 속에 살지만 알고 보면 쥐뿔도 없는 남자.

★ 매너가 제로 빵인 남자

여친 앞에서 콧구멍을 파고
음식을 먹고 아무렇지 않게 트림하고
가스배출은 다반사인 남자. 정말 밥맛.

애인 없는 남자가 하는 짓

◆ 여자란 여자는 하나하나 다 훑어본다.

(아가씨에서 할머니까지)

◆ 괜히 남들 앞에서 더블인 척 한다.

(자신의 초라함을 더 부추긴다)

◆ 남의 떡에다가 침 뱉는다.

(멋진 여자든 못생긴 여자든 간에 친구들의 여친 흉을 본
다)

◆ 초라한 더블보다 화려한 싱글이 낫다고 강조한다.

(속으로 눈물만 흘린다)

남자들이 제일 많이 하는 거짓말

★ 너 어쩜 그렇게 이쁘니?

★ 니가 처음이야.

★ 다음부터 잘할께.

★ 너만을 영원히 사랑해.

★ 넌 나의 마지막 여자가 될 거야.

이걸 믿어야 해~ 말아야 해~

남자?

♣ 남자들이 가장 관심 있는 건 그래도 이성문제다. 역시 여자친구 만들고 데이트하는 데에 가장 관심이 많다고 ….

♣ 남자들은 주말에 뭘 할까?
그저 집에서 잠이나 자든가 TV를 본다. 물론 시간나면 친구들과 놀러 다닌다고….

♣ 남자들끼리 만나면 뭘 할까?
역시나 술 먹고 떠들든가 아님 여자들 애기로 시간가는 줄 모른다고….

알고 나니까 남자들도 여자랑 별로 다를 것도 없죠?

남자랑 눈 맞으면 전기가 찌리리 하고 오지요.
근데 아무리 눈 맞아도 썰렁할 때가 있답니다.
언제냐구요?

널널한 지하철 안에서 졸다가 깼는데
건너편에 앉은 잘생긴 남자랑 눈 맞을 때

시험 치다가 목이 뻐근해서 목운동하는데
컨닝하는 머슴아랑 눈 맞을 때

목욕탕에서 옷 벗다가
옆집 옥상에서 빨래 널고 있는 청년이랑 눈 맞을 때

헤어진 그이랑 서로 다른 사람을 옆에 두고
별로 넓지도 않은 장소에서 눈 맞을 때

좀 썰렁하지만 정말 있을 수 있는 일이랍니다.

사소한 일에 사랑이 식을 때

♥ 남친이 주머니에서 잔돈을 찾느라 뒤적이며
엉거주춤하게 서 있을 때.
(좀 없어 보인다~)

♥ 먹다 남은 피자를 봉지에 싸가지고 갈 때.
(궁상스럽게 보인다~)

♥ 별로 웃기지도 않은 썰렁한 얘기를 해놓고
쑥스러운 듯 자기가 먼저 웃을 때.
(정신 연령이 현저히 떨어지나?)

♥ 바지 지퍼가 내려가서 속옷이 가끔 보일 때.
(에그! 말해줘? 아이! 정떨어져)

♥ 도서관에서 자다가 이마에 도장 찍고선
부스스 일어나 시간을 물을 때.
(침이나 닦고서 묻던가~)

♥ 밸런타인데이에 나한테 초콜릿 받아놓고선
화이트데이에 만나자고 해놓고 빈손으로 나와서
오히려 뭐 줄 거 없느냐고 물을 때.
(참! 황당하죠? 나쁜 놈)

순결

★ 남자가 여자의 순결을 찾는 이유

"여자는 꼭 순결해야 해."

남자들은 결벽증 증세가 있다. 아니면 이기주의에 빠져 있든가.

신혼여행 갔다가 여자가 순결하지 않았다고 짐 싸서 올라오는 놈 많이 있다(한심한 놈들…. 지들은 순결한가???).

암튼 남자들은 여자의 순결을 고집한다.

★ 남자는 순결을 지키는가

남자는 어쩌구어쩌구 할 기회가 많단다.

남자는 남자이기 때문에, 또 남자는 이성과 감정이 따로 논다는 이유로 안 되는데 하면서 어쩔 수 없이 하게 된단다(말이나 못해야 말이지).

근데 중요한 건 표가 나지 않는다나???(기가 막혀!!)

★ 남자는 순결을 지키려고 노력하는가?

물론 그렇게 노력하지 않는다.

순결하던 남자들도 애인이 생기면 머릿속은

'어떻게 하면 진도 나갈까' '내 순결을 사랑하는 얘한테 줘

야지' 하는 생각들로 머릿속이 꽉 찬다고 하던데….

남자는 늑대라지 않는가! 믿지 말자.

★ 그렇담 여자가 순결하면 좋은 이유

물론 남자가 기쁘다.

어쨌든 순결하다는 것은 기분 좋은 일이다.

별 이유 없이 그냥 좋은 거다.

만약 그녀에게 내가 첫남자가 아니라면

기분 좋을 이유는 없겠지요?

암튼 여자의 순결은 남자한테는 대단한 선물이다.

성적 매력

♥ 남자는 양, 여자는 음이라는 얘기는 다 아는 이야기입니다. 그치만 남자도 음이 있고 여자도 양이 있습니다. 성적인 매력은 체질적으로 음이 강한 사람이 많습니다.♡

♥ 성적 매력이 넘치는 사람은 어딜 가나 인기를 한 몸에 받게 되어 있습니다. 왜 그런고 하니, 누구나 본능적으로 성적 매력이 넘치는 사람은 마력과 같은 힘이 있어서 주변의 시선을 끌게 됩니다.♡

♥ 성적인 매력은 숨길 것도 아니고 그렇다고 창피한 것도 아닙니다. 어쩜 인간 근원의 매력이라고 할 수 있습니다.♡

♥ 성적 매력이 있는 사람은 마음이 명랑하고 순수합니다. 그렇지 않을 것 같지요? 잘못 아셨습니다. 아주 용기도 있고 가슴에는 사랑이 가득하답니다. 물론 지혜롭기까지 하

다면 금상첨화겠지요???♡

♥ 그렇담 성적 매력을 키우면 좋겠지요? 성적 매력은 나 자신을 다른 사람 앞에 내세우지 않아도 자연히 사랑을 받게 되어 있습니다.
성적 매력을 키우려면 몸을 청결히 하고 명랑하고 순수한 마음을 가지는 게 필요하답니다.
여러분도 매력 만점의 산소 같은 여인이 될 수 있답니다.♡

순결을
내던지고
싶을 때

울 여친들도 순결을 지키고 싶지 않을 때가
있습니다. 물론 남친들이 이 내용을 궁금하게
생각하겠지만 울 여친들도 함께 생각해봐요.

★ 마음이 중요해서 몸은 별거 아닐 수도 있다는 생각이 들
때
★ 그를 넘 사랑한 나머지 주고 싶을 때
★ 인생은 짧고 사랑은 길기 때문에 영혼만으로 만족하지
못할 때
★ 더 성숙된 깊은 사랑을 원할 때
★ 오늘이 마지막일지도 모를 것 같다는 불안한 예감이 들
때

여친 여러분!!!
순간의 감정 때문에 소중한 나를 절대 함부로 할 수는 없
죠???
우리 절대 실수하지 맙시다.

순결에 관한 보고서 1

★ 순결은 말 그대로 순결한 것이다.
(순결의 반대말이 불결은 결코 아닙니다)
★ 순결의 잃음이 곧 죽음은 아니다.
 (내 뜻과 상관없이 순결을 잃었다고 그것이 곧 죽음은 아니에요. 꼭!!! 기억하세요)
★ 순결을 지키는 건 절대적으로 중요하다.
(물론 정신적, 육체적인 순결을 모두 의미하지요)
★ 순결과 불결은 어떤 차이가 있는가.
 (물론 종이 한 장 차이라고 하지만 아무 상관이 없다고 하는 게 더 맞을 듯싶네요. 그건 정말 비교할 수 없는 개인적 의미가 있는 말이랍니다)
★ 그럼 남친들은 여친이 순결하지 않다면 어떻게 생각할까.
(그것도 개인에 따라 다르다고 하는 게 맞겠지요? 내 남친은 어떨지 한 번쯤 생각해 보세요)

순결에 관한 보고서 2

★ 정신적인 사랑이 무르익으면 모두 다 주고 싶은 마음이 생기지요. 당연합니다. 그래서 그에게 순결을 주고 싶어 하지요. 하지만 절대 안 되는 거 알지요???
그 이유는 이렇습니다.
하나 지금의 사랑이 절대적이 아니다.
두울 헤어질 경우 상처를 생각해야 한다.
세엣 순결을 주고나면 남자들은 호기심이 사라져 마음이 그대로부터 십중팔구는 떠나간다.

★ 감정적으로 그에게 순결을 주고 싶어도 절대로 안 됩니다. 우린 이성을 가지고 일단 정신적인 사랑만이 가능한 때랍니다. 절대 잊지 맙시다!!!

★ 그에게 추억을 남겨주기 위해서 준다.
이게 무슨 당치도 않은 말입니까???

무슨 영화를 찍는 것도 아니구.

그에게 첫경험을 주기 위해서, 그의 기분을 좋게 해주기 위해서 준다니 무슨 정신 나간 소리냐구요!!!

정말 정신 나간 짓 하면 안 됩니다. 절대!!!

★ 남들도 다아 순결을 바쳤다고 하니까 나도 준다.

군중 심리 때문에 남들도 그러니까 나도 그래야지… 하는 건 정말 말도 안 되는 소리인거 여친 여러분 다 아시죠???

★ 잊지 말자!

여친 여러분의 뜻과 상관없이 순결을 잃었다고 해서 자신을 학대하면 안 됩니다. 결코 내 사람됨을 잃은 건 아니랍니다. 남의 얘기니까 하기 좋은 말이라고 할지 모르지만 절대 아닙니다. 정말 중요한 건 여친 여러분 자신을 잃지 말고 소중하게 생각하고 사랑하는 거랍니다.

여친 여러분 울 자신을 사랑하자고요!!!!

★ 신부의 재산에는 신경 쓰지 않는다.

(신부 아버지의 재산에만 신경 쓴다)

★ 신부의 외모는 신경 쓰지 않는다.

(현대의학이 발달해서 성형이 가능함)

★ 집안의 반대는 잘 설득한다.

★ 살림은 미리 장만해두고 집은 같이 벌어서 산다.

(다 알죠? 왠지…)

★ 위의 모든 것들을 모두 포기해도 남자들은 사랑하는 여자와 결혼하기를 원한다고 하네요. 믿어도 되겠죠???

사랑의 느낌

★ 우정은 깊게
   사랑은 따뜻하게.

★ 영혼은 맑고 풍부하게
   마음은 믿음으로
   생각은 절실하게.

★ 도덕성은 얕게
   이성은 제로 상태
   감성은 과다하게 풍부.

★ 계산은 불리하게
   주머니는 제로 상태
   사랑의 주머니는 풍족하게.

★ 이 사람이 평생의 내 짝꿍일까

　스쳐 지나가는 자전거 바퀴 같은 걸까

　청춘의 빛바랜 추억 사진 한 장일까.

아~ 사랑이여!!!

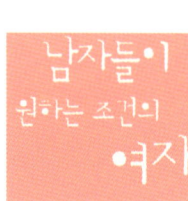

★ 자기가 하고 싶은 일을 하고 있는 여자

놀고 싶다고 노는 사람말구 수입이 적든 많든 자기 일을 사랑한다면 그것이 어떤 직업이든 내가 사랑하는 사람이 좋다면 무조건 좋아한다.

★ 날 사랑하는 여자

날 사랑해야 하는 건 당연하지만 아무것도 하지 않고 남자만 해바라기하면서 맹목적으로 사랑하는 거 말구 정말 현실적으로 사랑하는 사람이면 좋아한다.
정말 현실적이죠?

★ 진실하고 솔직한 여자

가끔 귀여운 거짓말을 섞는 매력을 겸비한 진실하고 솔직한 여자를 좋아한다.

★ 주관이 뚜렷한 여자

남자한테 마구마구 기대는 여자보다는 주관이 뚜렷하고 자기 개성을 버리지 않고 자신에게 투자할 줄 아는 여자를 좋아한다. 아마 서로 기댈 수 있고 서로 위해줄 수 있는 그런 파트너를 원하는가 보네요.

★ 평범하고 무난한 성격을 가진 여자

같이 살기에 넘 모난 성격을 가져서 피곤한 여자보다는 평범하면서도 무난한 성격이라 비슷한 취미와 비슷한 꿈을 가지고 행복하게 살 수 있는 여자를 원한다.

남자분들 원하는 여자의 조건 참 평범한 거 같으면서도 참 어려운 조건인 듯싶네요. 그런 여자분들 과연 있나요??? 그쵸???

사랑의 포물선

사랑에도 포물선이 있습니다.
한 번 느껴보세요.

★ 만남 그리고 설렘의 시기
첫인상에 호감을 갖는 것으로 시작된다.
남자들은 이쁘고 날씬 한 여자를 보고 뿅 가고
(물론 울 여친들도 키 크고 잘생긴 남자보고 뿅 가기는 마
찬가지지요.)
암튼 호감이 가는 사람을 만나기는 쉽지 않습니다.
좋은 느낌만 가지고 있다가
만남이 이루어지지 않을 수도 있고,
서로 머뭇거리다가 만남이 이루어지기도 하지요.
이 시기에는 그저 좋은 첫인상을 간직한 채
마음만 설레는 시기입니다.

★ 생각의 나래를 펼치는 시기

감정적으로 아주 자유로운 단계(?).
생각은 자유라고 상대 남이 나에게
사랑을 베푸는 상상을 얼마든지 할 수 있어서
감정적으로 행복하고 안정을 찾을 수 있는 시기입니다.

★ 마음 주고 받는 시기

애써 마음을 열고 그에게 다가가기 정말 어렵죠.
마음을 주지 말아야지 하는 것도 아니고
그의 마음을 받을 준비도 되었건만
왠지 허전하기만 합니다.
그가 날 얼마나 좋아하는지 확인할 방법도 없고
나도 그에게 내 맘 열어 보이지 않았으니까요.
어렵지만 용기를 내서
내 맘부터 열어보이세요(하나도 쪽팔리지 않아요).
그럼 그도 마음을 줄 거예요.
이 때는 서로 확인하고 싶어 하는 시기입니다.

★ 고난의 시기

그를 좋아하는 또 다른 라이벌의 여자가 있거나
아님 그가 다른 여자한테 마음이 있다거나
뭔가 그의 행동이 이상할 때
또 다시 마음이 불안해지고
그를 잃을 것만 같아 다른 생각은 할 수도 없고
오로지 그에게 올인하게 됩니다.
이 시기에는 오히려 그를 사랑하는 마음이
집착에 가까울 만큼 강해집니다.
겪어본 사람만 알겠죠?

★ 지속적인 관계유지의 시기

그도 날 좋아하고 있다는 걸 알게 되고
이제는 관계를 지속적으로 유지하고
본격적으로(?) 데이트의 시기가 온 겁니다.
만나면 뽀뽀나 ^)^ ^(^
분위기 있는 곳에서 차도 마시고
영화도 보고
만나면 헤어지기 싫고

헤어지면 또 보고 싶고
정말 살맛나겠죠?

★ 왠(?) 하향곡선

둘이 정말 좋아하게 되서
"사랑해"를 연발하고
만나면 붙어서 떨어지기 싫은 시기가 되면
계속적으로 서로 좋아하는 감정을 확인하게 됩니다.
전보다는 좀더 찐하게(?).
그렇게 되면 서서히 그에 대한 몰입도가 떨어져
관심도가 하향곡선을 그리게 됩니다.
(물론 남친도 그러기 마찬가지겠죠?)
이 시기에 만남이 계속되기도 하고
또 깨지기도 한답니다.
사람들은 심리가 그런가봐요.
"내 여자다" "내 남자다" 확인하는 순간에
중요한 사랑의 감정도 식게 됩니다.
그래서 남친이 먼저 이별을 고할 수도 있고
아님 내 마음 속에서 벌써

그에 대한 마음이 시큰둥해져서
반짝이던 빛을 잃게 돼 버리는 거지요.
안 그럴 거 같죠?
그런데 정말 그렇다고 하네요. 그래서 아마도
있을 때 잘하라는 말이 나오지 않았나 싶네요.
여친분들! 헤어지고 나서 후회하지 말고
만남에 좀더 신중하면 좋겠습니다.

★ 이별

참으로 가슴 아프지요.
누가 먼저랄 것도 없이 암튼 이별은 아픈 일입니다.
이상하게도 사랑 뒤에는 이별이 숨어 있답니다.
같이 있을 때 못해 준 것만 생각나고
마음 아프게 해서 상처 준 일들만 생각나고
보고 싶어도 볼 수 없으니
괴로운 시간의 연속이지요.
그치만 시간을 되돌릴 수는 없답니다.
정말 괴로운 시기입니다.

★ 또 다른 시작

이별의 아픔을 겪고 나면 외로움을 알게 됩니다.
다정한 친구들을 바라보면서
외롭게 서있는 자신을 발견하기란
정말 두려운 일이지요.
그렇지만 더욱 두려운 것은
또다시 찾아올 이별과 아픔이기에
"사랑은 이제 그만" 하고픈 마음입니다.
지나간 사랑과 이별에 대한 아픔은 이제 그만
소중한 추억으로 간직하세요.
그리고 또 다시 찾아올 사랑을
맞이할 준비를 하세요.
맘의 문을 화알짝 열어두세요.

♥♡ 부침개 같은 사랑 ♥♡

비 오는 날 꼭 생각나는 게 있죠?

부침개

달리 손이 많이 안 가서 해먹기 어렵지도 않고

그냥 밀가루 풀어서 호박, 부추 숭숭 썰어서 넣고

프라이팬에 부쳐 간장에 살짝 찍어서 먹는 그 맛!!

편하게 먹을 수 있고,

절대 싫증도 나지 않는 음식입니다.

부담 없이 전화해도 되고,

썰렁한 내 얘기도 웃으며 들어주고,

내가 좀 우울할 때면 가슴에 얼굴 묻고

눈물 콧물 범벅이 되게 울어도 편한

그런 남친 어때요?

편하면서도 그리운 그런 사람과의 사랑!!!

♥♡ 오래 입은 스웨터 같은 사랑 ♥♡

오래 입은 스웨터는 목이 늘어지고
한두 군데 올도 풀려서 보기는 흉할지 몰라도
입고 있어도 불편하지 않고
따뜻해서 입고 잘 수도 있습니다.
오래 입은 스웨터처럼 오랜 친구 같은 사랑!!!
친군지, 아님 애인인지 구별할 수 없지만 그래도 편하고
언제 만나도 따뜻한 사람.
오래 정든 그런 연인이 좋습니다.

♥♡ 이슬비 같은 사랑 ♥♡

첨 본 순간 사랑에 빠진 것도 좋습니다.
그치만 우산을 쓰기도 그렇고 안 쓰기도 그런
이슬비처럼 천천히 그리고 촉촉이 젖어드는
그런 사랑!!!
비가 와도 거리가 더렵혀지지도 않고
옷도 흠뻑 젖어 갈아입지 않아도 되는.
그렇지만 비가 와서 공기도 상쾌하고
세상도 더 맑아 진 듯한 그런 깨끗한 느낌!

넘 좋지 않아요? 환상적이잖아요.

이런 사랑 하고 싶죠?

♥♡ 두루마리 휴지 같은 사랑 ♥♡

만일 급하게 화장실에 갔는데 휴지가 없다고 생각해 보세요. 난감하죠??

아무리 사소하지만 없으면 정말 난감한.

그런 경험은 누구에게나 한 번쯤은 있습니다.

내게 꼭 필요한 사랑. 그리고 그에게 나 역시 그런 존재가 되고픈 사랑.

멋있죠?(표현이 넘 지저분한가요? ㅋ ㅋ)

여친 여러부운~~~

사랑! 생각만 해도 가슴 떨리죠?

사랑이란
건

★ 사랑은 세상을 자기가 마음먹은 대로 채색할 수 있는 것 (사랑을 하면 온 세상이 내세상이 된 것처럼 느껴진다네요).

★ 순간으로 느껴지는 만남의 시간, 한없이 길게만 느껴지는 이별의 시간. 이런 엉터리 시간관념이 현실로 느껴지는 것(사실이에요).

★ TV에 나오는 잘나간다는 여자 연예인의 얼굴이 갑자기 못생겨 보이는 것.

★ 쓸데없이 웃음이 많아지는 것.

★ 그의 웃음 하나로 온 하루가 즐거워질 수 있는 것

★ 세상에서 가장 아름다운 단어가 그의 이름으로 느껴지는 것

★ 그를 위해서라면 며칠 밤을 새워도 피곤하지 않은 것.

★ 정말 살 맛 나는 것.

여러분~ 정말 이런 게 사랑 맞죠??

사랑하게 되면…

♥♡ 사랑하게 되면 바보가 된다 ♥♡

이건 누구나 느끼게 되는 겁니다.

자기 애인만 가장 멋있고 가장 능력 있고…

세상의 온갖 것을 다 가진 것처럼 보입니다.

사랑을 하게 되면 눈에 뿌연 안개가 낀 것처럼

모든 것을 제대로 볼 수 없답니다.

그러니까 여친의 무~다리를 롱~다리로 바꿀 수 있는 마력

이 생기는 거겠지요.

무~다리를 가지신 여친분들!

상심하지 말고 사랑합시다!!!

♥♡ 사랑을 하게 되면 유치해진다 ♥♡

"자기야~(콧소리 섞어가면서) 자기가 안아주면 하나도 안

추울 거 같애!"

"그래, 우리 자기는 넘 날씬해서(남친이 보기에만 날씬하겠죠?) 내가 안아주면 내품안에 쏙 들어오고도 남을 거야. 그치?"

"응~~~그럼 나 자기 주머니 속에 쏙 들어갈까?"

이 정도면 옆에 앉아 있으면 닭살이겠죠?

사랑은 유치함의 강도를 평가할 수 없습니다.

한여름에 길을 걸으면서도 땀띠 나게 붙어 다니는 커플들을 보면 정말 좋아서 죽고 못 살 것 같은 표정이다. 아마 옆에서는 굿을 해도 모르고 자기들한테만 열중하고 있다니까요.

이런 사랑 유치해도 좋으니까 여러분도 꼭 맛보세요.

♥♡ 사랑을 하게 되면 멋있어진다 ♥♡

"나~, 사실은 내 남친이 그렇게 멋있어질 줄은 상상도 못했다니까? 정말 사랑을 하게 되면 달라지는 건지. 왜 그렇게 멋있어지는 거야!!"

사랑 때문에 더 멋있게 보이는 거랍니다. 아마 가슴 속에 쌓인 행복이 넘쳐 나와 얼굴에, 입술에, 가슴에서 반짝이는

가 봅니다.

얼굴이 못생겨도 잘나 보인다면 그럼 마음만 보고 사랑한다는 건가요? 사랑하는 연인들은 다른 사람의 눈에도 정말 예뻐 보입니다.

여친 여러분도 아름다워지고 싶으면 성형으로 꾸며진 아름다움보다는 사랑으로 가꿔진 아름다운 여자가 되시길 바랍니다.

♥♡ 사랑을 하게 되면 넉넉해진다 ♥♡

자기 밖에는 모르고 내가 갖기는 싫어도 남 주기는 더 싫어하는 그런 지독히도 이기적이던 사람도 마음이 넉넉해지는 경우가 있습니다.

사랑 때문이에요. 도대체 사랑이 뭐길래 사랑의 무엇이 사람을 이렇게 만드는지 모르겠죠? 하지만 이것만큼은 확실하답니다. 사랑을 하게 되면 남에게 듣기 싫은 말도 듣고 넘어가게 되고, 빌려주기 아까운 옷도 서슴없이 빌려주게 되고…. 그러니까 사랑하는 사람이 옆에 있다고 해서 샘만낼 일도 아닙니다. 누군가와 사랑에 빠진 사람이 있다면 가끔 아쉬운 소리해도 잘 받아줄 거예요. ㅋ ㅋ

♥♡ 사랑을 하게 되면 성숙진다 ♥♡

"내가 정말 그 때 그 사람을 사랑했었나봐." 하고 이미 헤어지고 난 다음에 사랑을 깨닫는 경우가 많습니다. 사랑을 하면 성숙해진다는 말은 아마도 이별 후에 아픈 만큼 성숙해지기 때문이 아닐까요?

사랑은 이별 후에 찾아오기 때문에 사람들은 더욱 성숙해지는지도 모르겠습니다. 성장이 아닌 성숙이라는 의미는 이별 뒤에 찾아오는 아픔을 견뎌내는 고통이 함께 수반하기 때문입니다.

정말 마니마니 사랑하는 사람을 보면 그 얼굴에서 뭔가 신비로운 눈빛과 분위기가 느껴지지요?

그게 바로 사랑의 성숙미가 아니겠는지요.

사랑도 비즈니스

사랑이 솜사탕이라고 말하는 남자가 있는가 하면
사랑도 비즈니스라고 말하는 남자도 있습니다.
왠 비즈니스
그럼 사랑도 사업이라구요???

★ 냉철한 이성으로 완벽한 계산속에서 사랑한다
절대로 내가 더 좋아하면 안 된다.
감정을 언제나 유지한다.
그녀가 마음을 준만큼 나도 마음을 준다.
물론 내가 더 좋아할 수도 있다.
하지만 그런 경우에도 절대로 티를 내지 않는다.

★ 절대로 내가 먼저 상처받지 않는다

물론 좋아하는 척
속상한 척 할 수는 있지만
싫증날 경우를 대비해서
언제나 마음의 여분을 남겨놓는다.

★ 사랑은 장난이 아니다

그녀가 친구도 아니고 연인도 아닌 건 싫다.
관계는 확실해야 한다.
그렇다고 관계를 정리하고 싶지는 않다.
사랑은 장난이 아닌 만큼
관계를 확실하게 해둘 필요가 있다.

★ 마음을 독하게 먹는다

흐지부지 우유부단해서는 차이기 십상이다.
이뤄지지 못할 것 같은 관계는
얼른 정리하는 게 서로를 위해서 좋다.
바보같이 괜히 미련 같은 거 갖지 말자.
길 나가면 차이는 게 여자다.

★ 사랑은 사랑일 뿐이다

사랑이 비즈니스라고
여자들한테 떠들고 다니면 안 된다.
이런 얘기 들어가면 차인다.
사랑은 사랑일 뿐이라고 말해야 한다.

사랑
만들기

♥♡♥♡♥

누구나 처음과 같을 순 없습니다.

처음 만난 그 느낌처럼

그러니까 상대가 변했다느니…

예전엔 그러지 않았다느니…

이런 말 하지 마세요.

첨엔 느낌이 어쨌든

그건 나의 잘못이라고 생각하세요.

(그게 속 편하다니까요)

♥♡♥♡♥

당신이 그를 만나기 전에

그가 어떤 여자를 만났건 간에

그런 건 다 지나간 그의 추억일 뿐

지금은 당신과 그와의 사랑에

아무런 흔적이 될 수 없답니다.

괜히 캐묻다간 맘만 아픕니다.

♥♡♥♡♥

"내게 이렇게 해주길 원해요." 라고

말로 떠들어대지 마세요.

사람은 누구나 눈치(코치까지)가 있잖아요.

사랑하는 사람이라면 그 남자가 무엇을 원하는지

미리 알아서 행동하세요.

아마도 그런다면 그 남자가 당신이 생각지도 않았던

아주 소중한 무엇을

당신에게 선물할지도 모르니까요.

♥♡♥♡♥

그 남자에게 상처받을 거라고 미리 겁먹지 마세요.
그 남자가 당신에게 마음이 있다면
오히려 당신이 먼저 다가갈 수도 있잖아요???
누군가를 사랑할 때 너무나 망설이다가
결국은 그냥 끝날 수도 있답니다.
용기를 내보세요. 홧팅!!!

♥♡♥♡♥

돈, 학벌, 외모….
이런 거 요즘 세상에 안 따지는 사람 없습니다.
그치만 정말 이런 거만 따지다가
진짜 내 사랑을 놓치게 될 수도 있어요.
그럼 넘 속상하잖아요.

늦은 밤에 사랑하는 사람에게 전화를 걸어서
노래를 불러주세요. 그리고
"사랑해" 라고 말해 보세요.
(서로 사랑하는 사이라면 감동 먹지 않고는 못 배길껄???)

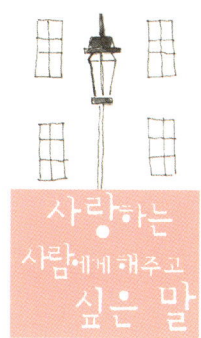

사랑하는 사람에게 해주고 싶은 말

★ 널 사랑해
 (넌 단순하지만 사랑해)

★ 너가 있어 정말 행복해
 (정말 행복이 뭘까?)

★ 난 항상
 아름다운 세상에 살고 있다는 생각이 들어.
 네가 내 곁에 있어서
 (세상은 원래 마음먹기에 따라 다른 거야)

★ 니 얼굴 언제봐도 예뻐.
 (꾸미지 않아도 이쁠가?)

★ 난 너밖에 없어. 널 만나서 정말 다행이야

(니 수첩에 무슨 전화번호가 이렇게 많니???)

★ 남친이 내게 한 그 말!

"사랑해"

그 말의 진심이 뭔지 알 수는 없지만

(그 속에 들어가 보지 않아서…)

말 그대로를 진심으로 받아들여 주세요.

그 말 하느라고 얼마나 힘들었겠어요.

사랑은 비행기

★ 사랑은

항상 하늘에 둥둥 떠 있는 기분을 갖게 한다.

★ 사랑은

완성을 위해서는 버스비보다 택시비보다
비용이 많이 드는 비행기 요금과 같다.

★ 사랑은

어떤 때는 비행기를 타고 아무도 없는
우주나 그 누구의 방해도 받지 않는 곳으로
날아가고 싶은 충동이 일어나게 한다.

★ 사랑은

비행기만큼이나 엄청난 빠르기로 빠른 시간에
그리고 빨리 불타오른다.

★ 사랑은

결국 둘이 함께 비행기를 타게 된다.
그리고 그들 마음도 비행기와 함께 날아간다.

사랑이
슬픈
이유

★ 사랑을 하지 않는다는 것은 참 좋은 겁니다.
왜냐면 누구에게든 신경을 쓰지 않아서 편하니까.
그치만 사람들은 사랑을 합니다.
그래서 사랑하기 정말 힘든 겁니다.

★ 사랑을 하면 슬퍼집니다.
왜냐면 사랑하는 내 남친이
내 맘을 몰라 줄 때가 있거든요.
난 너한테만 잘해주는데… 왜냐면 널 사랑하니까.
난 언제나 너한테 특별한 사람이고 싶다.
그래서 사랑하기 정말 힘든 겁니다.

★ 선물이야 안 받으면 내가 쓰거나

그냥 가지고 있어도 상관없지만

내 사랑을 받아주지 않으면 정말 죽고 싶어집니다.

"날 받아주지 않아도 난 널 절대 포기할 수 없어.

난 너의 모든 걸 사랑하니까.

그래서 끝까지 내 맘 받아줄 때까지 기다릴 거야."

그래서 사랑하기 죽기만큼 힘든 겁니다.

★ 사랑하는 사람이 떠나면

정말 이 세상이 모두 정지된 느낌.

"너는 내게서 떠나갔지만

세월이 흘러 모든 게 다 변해도

너에 대한 추억은 늘 간직하고 살아갈께."

준비된 이별이 아니었기에 정말 죽을 만큼 힘들지만 사랑한 걸 후회하지 않습니다.
왜냐면 그래도 그 사랑 때문에 행복했으니까요.

사랑하기 정말 힘듭니다.
그래도 우리는 지금 이 순간에도 사랑을 원합니다.

멋진 이별

♣ 헤어져야 할 사람이라면 빨리 헤어진다

어떤 이유로든 헤어져야 할 사람이라면
미련을 갖지 말고 빨리 헤어져야 한다.
그래야 서로에게 그간의 만남이 좋은 추억이 된다.
"그놈의 정 때문에" 하면서 차일피일 미루게 되면
서로에게 상처만 남기게 된다.

♣ 새로운 생활을 꿈꾼다

과거는 곱씹을수록 괴롭기만 하다.
인연을 맺었지만 아니다 싶으면
거기서 STOP~!!!
지금의 이별은 미래를 위한 선택이었다고
생각하고 내일을 바라보고 힘을 내자.
홧팅!!!

♣ 사랑과 고통은 친구

이별의 아픔을 통해서 사람은 성숙해지고
고통에 견뎌낼 힘이 더더욱 강해진다.
"사랑하기 때문에 헤어지는 거야."
이렇게 말하면 무슨 신파극 같지만
그래도 그대와 내가 같이 갈 수 없는 길이라면
서로 각자 더욱 나은 곳을 향해서 가자구요.

♣ 이별은 새로운 사랑의 시작

남친이나 여친들은 첫사랑 어쩌구 말하지만
사랑은 상대가 바뀔 때마다
늘 첫사랑이 되는 거랍니다.
그래서 첫사랑을 못 잊는다고 말하는 사람을 보면
정말 안타깝다.
잊을 건 깨끗하게 잊고
나한테 맞는 사람을 만나
새로운 사랑을 시작하자구요.
멋진 삶이 당신을 기다리고 있습니다.
기대해도 좋습니다.

♣ 헤어지고 난 뒤 뒤돌아보지 않기

그가 계속 내 뒷모습을 바라보고 있어도
절대 뒤돌아보지 마세요.
그냥 그와는 헤어졌으니 당분간은 힘들어도
잘 한 일이라고 생각하세요.
뒤돌아볼 시간이 있다면
이별파티를 하세요.
그리고 마음으로 다짐을 하는 거지요.
그는 내 추억의 남자일 뿐이라고….

지금이 이별할 때

✽ 남친이 당신의 기분을 좋게 만드는 경우보다 나쁘게 만드는 경우가 더 많을 때.

✽ 그 때문에 얼마나 힘들고 얼마나 슬프고 얼마나 화가 나는지 말해도, 좀처럼 자신의 행동을 변화시키려고 하지 않을 때.

✽ 그가 당신을 즐겁게 해주려는 노력을 더 이상 하지 않을 때.

✽ 그의 모든 행동이 나를 미치게 할 때.

✽ 그가 자꾸만 시간이 필요하다고 말하기 시작할 때.

♣ 남친의 친구들과 만나지 않기

남친의 친구들은 그와 당신을 다시 재결합시키는 걸 의무
이자 사명감이라고 생각하고 당신과 만날 짬을 만들기 위
해 노력합니다.

하지만 이미 헤어졌으니 어떤 구실이 있어도

절대 NO.

♣ 남친의 특별한 날 잊기

남친의 생일이라든지 특별한 의미가 있는 날!

절대 남친의 주위를 맴돌면 오해받기 십상….

남친과 관련된 기념되는 날은

모두 머리에서 지워버리세요.

빠른 시간 안에.

♣ 남친이 준 선물들을 없앤다

남친이 준 선물을 다시 돌려주기에는
너무 잡다한 선물들….
그 물건들을 태연하게 방안에 보관한다는 건
아직도 잊을 수 없다는 뜻.
자! 지금 그것들을 정리해서
눈에 보이지 않는 곳으로 치워주세요.

♣ 현실에 충실하자

이제는 현재로 돌아와 지금에 충실하는 게 최선입니다..
헤어지자마자 기다리기라도 한 듯
잘 지낸다고 남들이 아무리 독하다고 말해도
그건 어디까지나 제3자의 입장일 뿐.
지금에 충실하는 게 가장 현명한 일입니다.

이런 경우 남자한테 차인 거예요

★ 첨 만난 자리에서

"저 어때요?" 라고 묻는 여자한테
"좋아요." 라고 대답하는 남자의 말
이건 사실이 아니라 예의일 뿐
만일 진짜 맘에 들었다면
"괜찮아요" 정도의 대답이 나온다.

★ 용기를 내서 전화를 건 여자한테

"무슨 일인데요" "무슨 일로 거셨어요?" 라고
남자가 아주 정중하게 묻는다면
그건 이미 당신에게는 관심이 없으니
용건이 없으면 걸지 말라는 뜻이다.

진짜 당신이 마음에 들었다면
"마침 전화 잘했어요." "반가워요" 라고
반갑게 받아줄 거예요.
아마 자다가 전화를 받았어도
때 맞춰서 잘 걸었다고 말할걸요?

★ 만나자고 말하는 여자한테

"나 급한 약속이 있어" "나 지금 바쁘거든"
"다음에 만나면 안 될까?" 하고
남자가 불가피한 사정으로 만날 수 없다고 말한다면
그 남자는 늘 당신에게는 바쁜 사람이다.
영원히 당신을 만날 수 없다는 얘기지요.
정말 당신이 맘에 든다면
어떤 약속이든지 펑크를 내고서라도 만날 거예요.

★ "우리 앞으로 계속 만나보면 어때요?" 라고 묻는 여
자한테

"저 사랑하는 사람 있어요."라고 대답한다면
이건 애인이 있다는 얘기라기보다는

애인이 없더라도 당신은 싫다는 의미이다.
당신이 자기한테 차인 걸 모르고
자꾸 만나자고 하니까
'이 정도면 당신이 알아듣겠지?' 하는 마음으로
최후의 방법으로 쓰는 거랍니다.

남자가 이런 방법으로 거절을 할 때는
빨리 눈치코치 동원해서 알아들어야 겠지요?

실연당한 여친들의 증상

▶엄청스레 먹는다.
(혹은 아예 안 먹는다)

▶엄청스레 잔다.
(혹은 아예 안 잔다)

▶엄청스레 사람들을 많이 만난다.
(혹은 아예 방콕 한다)

▶엄청스레 운다.
(혹은 이유 없이 헤프게 웃는다)

혹시 주위에 이런 증상을 보이는 여친이 있으면
위로해주세요. 마이 아파요~~.

확 깨는 남자 차버리는 법

★ 만나면 추태만 보인다

차버리는 마당에 이미지 관리(?)도 할 필요 없고
자장면을 먹고 씨익 웃어 보인다.
맥주 마시고 트림한다.
밥을 무식하게 퍼먹는다.
껌을 소리 나게 잘근잘근 씹는다.

★ 사실을 말한다

난 너한테 관심도 없고
너 같은 타입은 내 스타일도 아니고 딱 질색이라고
상처를 받더라도 직선적으로 사실대로 말한다.

이정도면 차버리기 성공하겠죠?

★ 계속 울려대는 남친의 핸드폰을 압수하고 연락망을 모두 끊어버린다.

★ 남친이 만나는 모든 여자들에게 그의 바람기를 고치기 위한 것이므로 협조해 달라고 부탁한다(치사해도 할 수 없지!!!).

★ 남친의 하루 일과를 환하게 꿰뚫고 있는다(여차 하면 알 쥐???).

★그리고 나만을 사랑하게 만든다(아! 사랑의 길이 참으로
험난하구나~).

소개팅에서 만난 남자 퇴치법

팅이란 팅은 다 가봐도 한 번도 이런 남 본적이 없다. 영 아닌 얼굴, 영 아닌 매너, 영 아닌 말투 그렇다면… 자! 슬슬 시작해 볼까요?

★ "저 잠깐 전화좀…"
한 시간 동안 전화만 한다.
그래도 끝까지 기다린다면?
"저, 화장실 좀 잠깐…."
그래도 기다린다면?
"저, 아침 먹은 게 잘못 되었나봐요.
그럼 만나서 반가웠어요."
빨리 자리를 뜬다.

★ 모든 게 영 아니면서 분위기도 못 띄우고 돈으로 해결하려는 남자가 있다면….

"저 영화 같이 보실래요?"

"저거 우리 오빠랑 같이 봤어요."

"그럼 저 영화는?"

"그것도 전번 주에 친구랑 봤어요."

"그럼???"

"안녕히 가세요. 그리고 담엔 절대로 소개팅 나오지 마세요."

그리고는 다른 말 나오기 전에 빨리 자리를 뜬다.

★ 거절하지 못하고 끝까지 갔을 때

"핸폰 번호좀…."

"고장 났어요."

"그럼 집 번호라도…."

"저 집에 잘 안 들어가는데요."

이 정도라면 더 이상 물고 늘어지지 않겠죠?

친구야
정말
미안!!!

(여친과 헤어진 남친 속마음)

♣ 넌 나만 생각했지만 난 그러지 못했어.

너와는 친구 사이라고 이름을 붙여놓고

나는 내가 좋아할 사람이 생기기만을 기다렸어.

그러면서도 널 누구한테도 보내기는 정말 싫었어.

그땐 내가 널 좋아하는 걸 몰랐어.

정말 미안해.

♣ 그치만 우리가 헤어진 건

니가 날 다 이해해줬기 때문이야.

다아~ 받아주고, 다아~ 풀어주고.

내가 다른 생각해도 한 번도 화내지도 않았잖아.

내가 삐지면 니가 풀어주는 거

정말이지 당연하게 생각했어.

니 마음 미리 읽지 못했어.

정말 미안해.

♣ 니가 날 넘 말없이 좋아했기 때문이야.

한 번이라도 소리 내서 좋아한다고 말해주지.

그럼 지금 이렇게 미련 떨면서

널 그리워하지 않아도 되잖아.

한눈팔아서 정말 미안해.

♣ 넌 나한테 산소 같은 존재였어.

언제나 내 곁에서 날 우쭐거리게 만든

너는 그런 존재였어.

떠나고 없어야지만 비로소 소중함을 느낄 수 있는

너는 그런 존재였어.

그랬기 때문에 미리 깨닫지 못했던 거야.

정말 미안해.

♣ 모두 내 탓이야.

좁아터진 내 마음 때문에
툭하면 작은 일에도 삐지기만 하던 날
언제나 너는 먼저 풀어주면서 웃었지.
니가 정말 좋은 애라는 거 알면서
네 뒤에 서서 난 다른 아이들과 저울질을 했어.
정말 니가 날 떠날 이유가 이렇게 많은데
니가 떠날 때는 나 때문인 거 몰랐어.
이제와 생각하니 모두 내 탓인 걸….
정말 미안해.
용서해줘.

만남

새로운 남자를 만날 때
그가 핸섬할수록
나는 더 초라하게 느껴지고
그가 똑똑할수록
나는 더 바보같이 생각되고
그가 세련되어 보일수록
나는 더 어색해 보인다.

정말 마음에 드는 남자를 만나면
나는 울상 짓는 바보가 되고
그와 나는 인연 없는 사람

호감이 가지 않는 남자를 만나면
나는 아름답고 총명하고
재치 있고 발랄해서

그는 미친 듯이 나를 사랑하게 되지만
나는 그와 인연 없는 사람

마음에 들지 않는 남자에겐
바보처럼 굴고
마음에 드는 남자에겐
재치 있게 보여야 하지만
어찌된 영문인지
일은 늘 꼬이고 만다.

야무진
여자라면
절대 금지사항

♣ 데이트 신청은 절대 NO

남자라면 좀더 적극적으로 행동해야 하고 여자는 남자에게
은혜만 베풀면 그만이다.

아무리 수줍음을 타는 남자라고 해도 자기 맘에 드는 여자
에게는 용기를 내어 데이트 신청을 하게 마련이다. 하지만
성격이 급한 울 여친들 그때를 기다리지 못하고 상대 남자
가 맘에 들었다고 얼른 데이트 신청을 한다면 큰 실수. 그
순간 당신은 헤픈 여자로 전락해버리고 만다.

♣ 당신을 천대하는 남자는 만나지 마라

울 여친들의 마음을 상하게 하거나 다른 여자에게 눈 돌리
기를 밥 먹듯 해서(물론 언제나 아니라고 하거나 들키면 첨
이라고 변명한다) 이 남친의 진심이 뭔지 알 수 없을뿐더러
사랑한다는 이유로 여친의 맘은 내 맘인 양 착각하고 마구
행동하는 남친이라면 지금 바로 헤어지는 게 좋다. 이런 유

형의 남자는 잘못된 행동인 줄 알면서도 극복하지 못하고 용서를 빌고서도 다시 똑같이 행동한다. 상한 마음에 깊은 상처가 남기 전에 헤어짐이 옳은 줄 부디 깨닫기 바란다

♣ 절대 먼저 전화하지 않기

자신의 가치를 높이는 게 중요하다. 물론 연애의 초기에 적용되는 말이지만 먼저 전화를 걸어 안부를 묻는다든지 어디서 만나면 좋겠느냐는 등의 말을 먼저 하지 않는 게 좋다. 상대 남자가 전화를 걸어와도 "바쁘니까 짧게 얘기해요." 라고 말하면 좀더 통화를 하고 싶으니까 만나고 싶어질 것이다. 그리고 만나고 헤어질 때도 "우리 이제 그만 집에 가지요." 하고 얘기를 한다면 당신과 더욱 긴 시간을 함께 있고 싶어 한다.

뭔가 남자에게 여운을 남기면 당신의 가치는 저절로 급상승곡선을 타게 된다.

♣ 입 싼 여자가 되지 말자

여자들은 대부분 자신의 입에서 나온 말로 인해 화를 입는다. 다시 말해서 조금만 친해졌다 싶으면 자신의 과거사로

줄줄 새끼줄을 꼰다.

내 어렸을 때는 어떠했고 그래서 힘들었고 그래서 이루고 싶은 게 많았지만 이룰 수 없었고 등등…. 언제 어떻게 될지 모르는 남녀 사이의 만남에서 구태여 좋지도 않았던 과거사를 꾈 필요는 없다. 다시 말하면 필요가 없는 게 아니라 당연히 말하면 안 된다. 좋은 이야기도 두 번 이상 들으면 싫은데, 하물며 좋지도 않은 이야기를 늘어지게 할 필요는 없다. 지지궁상(?)이라는 느낌만 들뿐. 당신의 가치는 저 밑바닥으로 떨어진다.

♣ 옛 남친을 나쁘게 말하지 않는다.

사랑은 늘 행복을 안겨주는 기쁨의 선물! 과거에도 현재에도 당신에게 기쁨을 주는 그 사랑을 나쁘게 말하는 것만은 절대 안 된다. 지금의 사랑이 과거의 사랑이 될 수 있음을 잊지 말자!!!

♣ 남자의 지갑을 비우지 말라.

여자라는 이유만으로 남친의 지갑은 늘 꽉 차있기를 요구하지 말라. 계산대 앞은 바람처럼 지나가면서도 마음에 드는 물건의 쇼윈도 앞은 마네킹처럼 지키고 서서 꼼짝도 하지 않는 당신이 여친이라면 남자들은 부담 팍팍(?) 느끼다가 언젠가는 이별의 손짓을 할 것이다. 남친이 당신의 봉은 아니다.

화장실 간다고 그 앞에서 핸드백을 들고 기다리게 한다든
가, 다리가 아프다고 자기 구두랑 남친의 운동화를 바꿔신
는다든가 하는 남들이 보기에 정말 꼴불견인 상황을 만들
지 않는다. 남친 스타일 구겨져서 좋을 것 없다. 어찌 되었
든 내 남자니까!

♣ 사랑을 강요하지 말라.

사랑한다는 이유로 되지도 않는 사랑의 행위를 요구하지 말라. 하루에 몇 번 이상 전화 걸지 않으면 바가지 박박 긁고, 전화 걸어서 받지 못한 남친의 변명은 절대 타당성이 없는 것이고, 무슨무슨 기념일을 자신은 챙기지도 않으면서 남친에게 기념일 이벤트를 요구하지 말라. 절대!!!

♣ 다른 남자와 비교하지 말라.

당신의 남친이 그대가 최고이기 때문에 만나는 것은 절대 아니다(그놈의 정이 뭔지…). 하지만 내 친구의 남친은 이러던데 자기는 왜 그러느냐는 식의 비교는 절대 NO. 다른 남자와 비교하지 말고 싫으면 만나지 않으면 그만이다. 절대 비교하지 말고 좋아서 만난다면 지금의 남친에게 최선을 다하라. 그래야만 사랑을 지속할 수 있다. 사랑에도 노력이 필요하다는 것을 잊지 말자.

좋은 남자

♠ 세상에 완벽한 남자는 없지만 좋은 남자는 있다.

드라마에나 존재하는 백마 탄 왕자처럼 그런 멋지고 완벽한 남자를 찾는다면 솔로로 남아야 한다. 하지만 세상에는 좋은 남자는 많다.

♠ 멋진 남자는 나만의 남자이기 어렵다.

멋진 남자들의 곁에는 늘 수많은 여자들의 시선이 고정되어 있다. 그래서 남자는 가만히 있어도 여자들이 그 남자를 가만히 놔두지 않는다. 멋진 남자가 내 남친이라면 뿌듯하고 행복하지만 그만큼 마음고생도 뒤따른다는 것을 알아야 한다. 그럼 좋은 남자가 내 남자라면 난 늘 행복할 수 있다.

♠ 좋은 남자는 금방 눈에 띄지 않는다.

매력이 넘치는 남자는 어느 장소에서나 빛을 발하지만 좋

은 남자는 긴 시간이 흘러야지만 빛이 나고 그 남자의 매력
이 나타난다. 좋은 남자는 보석과 같아서(물론 여자도 그렇
지만…) 닦으면 닦을수록 그 빛이 더욱 살아난다.

♠ 먼저 찾는 사람이 임자다.

여자라면 늘 앉아서 기다리는 게 전부라고 생각하면 이제
는 안 된다. 좋은 남자를 내 남자로 만들고 싶다면 찾아야
한다. 그리고 찾았다면 빨리 내 남자로 만들어야 한다. 먼
저 차지하는 사람이 임자다.

♠ 여자도 사랑에 책임을 진다.

좋은 남자가 내 남친이 되었다면 여자도 노력을 해야 한다.
'이건 운명이야' 라고 생각하면서 아무런 노력도 기울이지
않는다면 헤어짐이 운명이 될 수도 있다. 여자도 그 사랑에
최선을 다하는 노력을 기울이고 그 사랑이 결실을 맺으면
사랑하면 된다. 그리고 그 사랑에 물론 책임도 져야 한다
(후회할 행동해놓고 책임은 남자에게 지라고하는 여자 참
많다).

여자가 남자를
위해 간직하면
좋은 것

♥ 귀여움과 섹시함을 적절하게 표현할 줄 아는 상황파악

♥ 남친이 NO라고 말하지 않아도 눈치로 알아 챌 수 있는
센스

♥ 가끔은 돈이 없는 그의 주머니 사정을 모르는 듯 티내지
않고 밥을 사주는 따뜻한 마음

♥ 기념일 날, 남친이 무엇을 해줄까 기다리기보다는 먼저
이벤트를 준비할 수 있는 넓은 마음

♥ 남친의 우정표현을 촌스럽다고 말하지 않을 이해심

♥ 남친이 사귀던 과거의 여자에 대해서 시시콜콜하게 묻지 않는 예의

♥ 고백을 하고는 쑥스러워하는 남친의 손을 살며시 잡아줄 수 있는 포근한 마음

♥ 어떤 장소나 상황에서도 내 남친이라고 떳떳하게 말할 수 있는 용기

♥ 무뚝뚝한 남친을 위해 가끔은 애정표현을 먼저 할 수 있는 용기

♥ 한 번 쯤은 먼저 키스를 해줄 수 있는 대범함

♥ 헤어질 때(이별)도 쿨하게 떠날 수 있는 예의

사랑하는 사람은

★ 사랑하는 사람은 말하지 않아도 얼굴에 늘 잔잔한 미소가 감돈다.

★ 사랑하는 사람의 눈에서는 늘 빛이 난다.

★ 사랑하는 사람은 늘 채워지지 않는 항아리처럼 아쉬움을 느낀다.

★ 사랑하는 사람은 짧은 만남을 위해 긴 시간을 준비한다.

★ 사랑하는 사람은 늘 마음에 여유가 있다.

★ 사랑하는 사람은 사랑하는 사람과 전화통화를 해도 먼저 끊자고 절대 말하지 못한다.

★ 사랑하는 사람은 날씨가 추워지면 사랑하는 사람의 외투를 걱정한다.

★ 사랑하는 사람은 사랑하는 그 사람이 무엇을 좋아하는지만 생각한다.

★ 사랑하는 사람은 사랑하는 그 사람 외에 다른 사람은 눈에 보이지도 않는다.

★ 사랑하는 사람은 늘 자신이 행복하다고 생각한다.

남친 맘 사로잡기

이제부터 시작이다. 보통의 사람들은 그가 나를 좋아한다는 걸 알고부터 긴장이 풀리고 좋아한다는 느낌이 식어가기 시작한다. 그렇게 되면 다 잡은 고기를 놓치는 바보가 되고 만다. 사랑은 정성이 필요하다.

남친 맘 사로잡기

기획 조은향

펴낸이 최병섭
펴낸곳 이가출판사

초판발행 2006년 8월 2일

출판등록 1987년 11월 25일(제1-547호)
주소 서울시 마포구 신수동 448-6
대표전화 716-3767
팩시밀리 716-3768

값 8,000원

ISBN 89-7547-073-3 03810